Deseo

Oscura pasión

ANN MAJOR

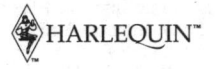

HARLEQUIN

Editado por HARLEQUIN IBÉRICA, S.A.
Núñez de Balboa, 56
28001 Madrid

© 2009 Ann Major. Todos los derechos reservados.
OSCURA PASIÓN, N.º 1709 - 17.3.10
Título original: To Tame Her Tycoon Lover
Publicada originalmente por Silhouette® Books.

Todos los derechos están reservados incluidos los de reproducción, total o parcial. Esta edición ha sido publicada con permiso de Harlequin Enterprises II BV.
Todos los personajes de este libro son ficticios. Cualquier parecido con alguna persona, viva o muerta, es pura coincidencia.
® Harlequin, Harlequin Deseo y logotipo Harlequin son marcas registradas por Harlequin Books S.A.
® y ™ son marcas registradas por Harlequin Enterprises Limited y sus filiales, utilizadas con licencia. Las marcas que lleven ® están registradas en la Oficina Española de Patentes y Marcas y en otros países.
I.S.B.N.: 978-84-671-7850-0
Depósito legal: B-1396-2010
Editor responsable: Luis Pugni
Preimpresión y fotomecánica: M.T. Color & Diseño, S.L.
C/ Colquide, 6 portal 2 - 3º H. 28230 Las Rozas (Madrid)
Impresión y encuadernación: LITOGRAFÍA ROSÉS, S.A.
C/ Energía, 11. 08850 Gavá (Barcelona)
Fecha impresion para Argentina: 13.9.10
Distribuidor exclusivo para España: LOGISTA
Distribuidor para México: CODIPLYRSA
Distribuidores para Argentina: interior, BERTRAN, S.A.C. Vélez Sársfield, 1950. Cap. Fed./ Buenos Aires y Gran Buenos Aires, VACCARO SÁNCHEZ y Cía, S.A.
Distribuidor para Chile: DISTRIBUIDORA ALFA, S.A.

Capítulo Uno

«Algunas mujeres son imposibles de olvidar, por mucho que un hombre lo intente».

Logan Claiborne tenía el ceño fruncido, y no porque el sol le diera en los ojos mientras conducía a toda velocidad por la estrecha y sinuosa carretera que llevaba a la mansión sureña en la que había crecido.

Tendría que estar concentrándose en Mitchell Butler y en la fusión de Astilleros Butler y Energía Claiborne, o en cómo iba a tratar de manera compasiva con *Grandpère* cuando llegara a Belle Rose.

Sin embargo, sus manos se tensaban sobre el volante mientras recordaba los ojos oscuros, grandes y confiados de la voluptuosa chiquilla a la que había seducido y abandonado, nueve años antes, para salvar a su hermano gemelo, Jake.

Hasta esa mañana, Logan se había dicho que su abuelo había tenido razón al decir que Cici Bellefleur no encajaba en su mundo; que tenía que salvar a Jake de un matrimonio tan desastroso como el que había realizado su padre al unirse a una chica pobre, su madre, cuyos extravagantes sueños de grandeza y ostentación casi habían acabado con la fortuna familiar. Había seguido diciéndose que había hecho lo correcto incluso después de hacerse cargo del imperio familiar y de que Cici se creara un nombre con su cámara fotográfica, demostrando su talento y valía.

Pero su abuelo lo había llamado esa mañana y lo había dejado atónito al contarle, con el entusiasmo de un niño con zapatos nuevos, que Cici había regresado y que estaban ofreciendo juntos las visitas guiadas de la plantación.

Se preguntó por qué la famosa fotógrafa y escritora había vuelto a casa en realidad. ¿Qué buscaba?

–Hace nueve años te oponías radicalmente a ella por culpa de su tío –le había recordado Logan. *Grandpère* siempre había desconfiado del tío de Cici.

–A lo largo de su vida, un hombre comete errores. Recuérdalo. Yo cometí bastantes. Si alguna vez sufres una apoplejía, tendrás tiempo de sobra para reflexionar sobre el pasado y arrepentirte de algunas cosas. Yo me arrepiento de haber culpado a Cici por los actos de su tío Bos. No era ella quien montaba peleas de gallos, se relacionaba con mala gente y dirigía un bar.

–¿Recuerdas que hace nueve años no querías que se acercara a Jake o a mí? Sobre todo a Jake, que era bastante rebelde en aquella época.

–Si lo hice, me arrepiento de ello.

–¿Si lo hiciste? –a Logan le costaba reconciliar la actitud de su abuelo con la del individuo dominante que lo había criado.

–De acuerdo, me equivoqué respecto a ella. Y también al ser tan duro contigo. Es culpa mía que ahora seas tan inflexible.

Logan, sintiendo un pinchazo de culpabilidad, se había revuelto el cabello castaño oscuro.

–También fui demasiado duro con Jake.

–Tal vez ahora estés siendo demasiado duro contigo mismo –lo consoló Logan.
–Me gustaría volver a ver a Jake antes de morir.
–No te vas a morir… al menos de momento.
–Cici dice lo mismo. Opina que mejor día a día. Cree que tal vez podría quedarme aquí en vez de… –su voz se desvaneció.

La mención de Cici y la esperanza que captó en la voz de su abuelo, convencieron a Logan de que tenía que ir a visitarlo de inmediato. Desde que había sufrido una apoplejía, su abuelo había dejado de ser un hombre fuerte y dominante para transformarse en una persona necesitada y deprimida a la que Logan apenas reconocía. Por eso había decidido que su abuelo no podía seguir viviendo de forma independiente en Belle Rose y tenía que trasladarse a Nueva Orleans, más cerca de él. El anciano necesitaba que lo cuidaran.

Por desgracia, el bosque, lleno de lianas y vegetación salvaje, era tan frondoso y exuberante, que Logan casi se pasó el desvío que conducía a la casa de su infancia. En el último segundo, giró el volante del Lexus a la derecha demasiado deprisa y el coche patinó. Acababa de enderezarlo cuando vio la casa al final del camino bordeado de robles. Como siempre, la mansión, con sus gráciles columnas y galerías iluminadas por el sol, le pareció la más bella del mundo, la que llenaba su corazón como ninguna.

No podía culpar a *Grandpère*, que se había vuelto más infantil y emocional desde su enfermedad, por querer quedarse allí. Logan recordó la primera vez que había mencionado la posibilidad de trasladarlo a la ciudad. *Grandpère* había desaparecido durante varias horas, dándole un susto mortal.

«Cici no debería decirle que está mejorando y que tal vez no tenga que mudarse».

La idea de que su abuelo pudiera empeorar lo inquietaba. Era Logan, no Cici, quien quería lo mejor para *Grandpère*. No necesitaba en absoluto que Cici interfiriera y lo hiciera sentirse culpable por una decisión que se había visto obligado a tomar. No quería hacer infeliz a *Grandpère*, pero no podía dirigir Energía Claiborne y estar con él en Belle Rose al mismo tiempo.

Con la mente hecha un lío, Logan frenó con demasiada brusquedad. Las ruedas giraron en la gravilla húmeda cuando se detuvo bajo la sombra del ancho paseo de robles que algún francés anónimo había plantado cien años antes de que la mansión estuviera allí. Tras el edificio, los campos se extendían hasta una hilera de cipreses cubiertos de musgo, que bordeaban el inicio de las salvajes tierras pantanosas.

Logan abrió la puerta de su lujoso Lexus de último modelo y salió. Tras pasar dos horas tras el volante, conduciendo por malas carreteras, fue un gusto ponerse en pie y estirarse.

A pesar de la sombra que ofrecían los frondosos robles, hacía mucho calor para principios de marzo. Inhaló el aire pesado, húmedo y dulzón, que para él olía a hogar.

Las ranas mugidoras croaban, las abejas zumbaban en las azaleas y se oían los patos en el bosque. Sonrió.

A Cici, de niña, le había encantado la zona salvaje, oscura y musgosa que rodeaba la plantación. Siempre que él estaba en casa de visita, lo seguía a todas partes con la devoción de un perrito faldero. Su relación había sido muy sencilla entonces. Ella era ocho años menor que Jake y él, así que Logan no se había tomado en serio su encandilamiento con su hermano hasta el verano que regresó a casa, tras finalizar sus estudios de Derecho, y descubrió que su abuelo tenía razón al decir que Cici ya no era una niña.

Apartó de su mente esos agradables recuerdos de Cici y empezó a echar en falta el aire acondicionado del coche.

Tal vez porque lo angustiaba ver a Cici, Logan se entretuvo quitándose la corbata y desabrochando los botones del cuello de la camisa. Abrió el coche, se quitó la chaqueta y la dejó, con la corbata, en el asiento de cuero.

Deseó que Alicia Butler, su novia desde hacía cuatro meses, hubiera podido acompañarlo. Tal vez entonces no se sentiría tan hechizado por el pasado. Ni tendría la tentación de pensar en Cici.

A diferencia de Cici, Alicia era educada y elegante. La había conocido cuando la ambición lo llevó a fusionar su empresa con la del padre de ella. Era morena, con melena lisa que le caía hasta los hombros y rostro de rasgos delicados. Sabía vestirse y tenía buen porte. La gente se volvía para mirarla cuando iban juntos a actos benéficos; no sólo por su belleza y estilo, también por su cuantiosa fortuna.

Otros hombres, también ambiciosos, lo envidiaban. Eso hacía que Logan se enorgulleciera aún más de que pronto fuera a ser suya.

Siempre compuesta, se enfrentaba a la vida con determinación, como él. Era civilizada, culta y, por tanto, una esposa tan adecuada para él como lo había sido Noelle hasta que falleció.

Alicia hablaba francés e italiano. Era una anfitriona perfecta. Nunca comía ni bebía de más ni utilizaba ropa inapropiada. No alzaba la voz ni siquiera cuando se enfadaba.

Era igualmente controlada en la cama.

Algo que Cici no había sido. Durante un instante, le hirvió la sangre al recordar a Cici retorciéndose de placer bajo él, como una salvaje.

Pero Alicia se volvería más ardiente cuando se casaran; aún no tenía la confianza suficiente para dejarse llevar. Sería paciente. Juntos construirían una vida que todos envidiarían, igual que la que había tenido con Noelle, su recientemente fallecida esposa. No se pelearían y destrozarían el uno al otro llevados por pasiones enfrentadas.

Recordó los ojos tristes de Noelle la semana antes de su muerte. De inmediato, borró la imagen prohibida de su mente. Haría feliz a Alicia; la historia no se repetiría.

–Siento no poder ir contigo y conocer a tu abuelo, cariño –había dicho Alicia esa mañana–. Papá me necesita en la oficina.

–De acuerdo. Lo entiendo.

Mitchell Butler, el padre de Alicia, era un tiburón dominante, al menos en los negocios, pero dado que Logan y él tenían entre manos la fusión de sus empresas, no quería disgustarlo por causa de un asunto personal. Vería a Alicia esa noche.

–Cariño, estoy segura de que sabrás qué hacer y decir para conseguir que tu abuelo entienda que tal vez no pueda quedarse en Belle Rose –había dicho Alicia–. Al fin y al cabo, es familia tuya. Lo quieres y deseas lo mejor para él.

Logan pensó, con amargura, que Alicia no sabía

hasta qué punto había liado él las cosas. Había hecho infelices a todos y, en consecuencia, su familia seguía dividida.

No quería dar vueltas a sus errores ni pensar en su brutal comportamiento con Cici y en los nueve años que llevaba distanciado de su hermano gemelo.

Logan había ido hasta allí, a pesar de su apretada agenda, pensando en el bien de su abuelo y para impedir males mayores. Quería enfrentarse a Cici antes de que le diera la esperanza de que podía conseguir lo imposible.

Recordó lo pequeña y perdida que había parecido Cici de pie en el muelle, después de que le dijera que no la amaba. Había mentido para protegerla a ella y a sí mismo. Pero, extrañamente, la mentira también lo había entristecido a él.

«No pienses en el pasado. Ni en lo que sentiste. Limítate a tratar con Cici ahora».

A pesar de su intención de no revivir el pasado, recordó a la joven y vivaz Cici intentando aparentar que era fuerte, dura y tan buena como los ricos y poderosos Claiborne. La había herido. Había herido a Jake. Había herido a todo el mundo, él incluido. Se dijo que no eran sino daños colaterales, porque la familia era más rica y poderosa que nunca.

Logan cerró el coche y tomó el camino de gravilla que llevaba a la casa. Se detuvo ante la escalera que conducía a la galería inferior y a la enorme puerta delantera.

Recorrió la mansión y el jardín con la mirada. Una rampa de madera, recién construida, zigzagueaba hasta la puerta, evitando la escalera y permitiendo el acceso en silla de ruedas.

Miró la casa de invitados que Jake y él habían compartido siendo adolescentes, antes de discutir por causa de Cici. Se preguntó de quién sería el Miata de dos plazas que había aparcado delante.

Frunció el ceño y subió la escalera. Llevaba la mano al pomo de la puerta cuando alguien abrió desde dentro.

–Vaya, hola, señor Logan –dijo la familiar voz suave, con acento francés, de su antigua niñera.

Noonoon, en la actualidad ama de llaves de su abuelo, lo miró desde el umbral. Su rostro oscuro se iluminó como una tarta de cumpleaños.

Él sintió una oleada de calidez. Esa mujer generosa y de gran corazón lo había querido siempre, y también a Jake. Cuando la madre de ambos falleció, Noonoon se había hecho cargo de Belle Rose prácticamente sola.

–Ay, Dios, sí que hace calor hoy.

Él asintió y le dio un abrazo rápido.

–Entra, antes de que te derritas. Si hace este calor ahora, ¿qué nos espera en agosto?

–No me hagas pensar en agosto –dijo él. Como el golfo se calentaba mucho en verano, agosto era un mes con peligro de huracanes.

–¿Puedo prepararte algo? ¿Una bebida, tal vez? ¿Té helado con una ramita de menta?

–Estoy bien, gracias –negó con la cabeza.

–Ya lo veo. Treinta y cinco años y sigues tan alto y guapo como siempre.

–¿Por qué me recuerdas mi edad cada vez que tienes oportunidad?

–Tal vez porque ya es hora de que dejes de llorar a la preciosa señorita Noelle.

Él se tensó.

–La vida es corta –dijo ella, consciente de que no era hombre que agradeciera la compasión.

–Hay alguien nuevo en mi vida –dijo él entrando en el fresco vestíbulo central–. Se llama Alicia Butler. Pronto la conocerás. Es una auténtica dama, alguien de quien la familia se enorgullecerá.

–Me alegro mucho –Noonoon cerró la puerta–. ¿Qué te trae hasta aquí desde Nueva Orleans?

–Mi abuelo. Está tan sordo que resulta difícil hablar con él por teléfono. Creía que todo estaba acordado, pero esta mañana me dijo que se encontraba mejor y quería quedarse aquí solo –Logan, a propósito, se abstuvo de nombrar a Cici.

–El señor Pierre está arriba, echando una siesta. Pero se alegrará mucho de que estés aquí. Apenas te vemos, ahora que eres un hombre tan importante y ocupado y vives en Nueva Orleans.

–¿Una siesta? ¿Y dónde está ella? –inquirió Logan.

–¿La señorita Cici? –preguntó Noonoon con aire demasiado inocente.

–¿Quién si no?

–Sabía que no tardarías mucho... en cuanto supieras lo de la señorita Cici. No hay nada como que un anciano rico se interese por una mujer joven y bella para que al resto de la familia se le erice el vello, ¿verdad?

–Ésa no es la razón de que...

Noonoon lo escrutó con sus inteligentes ojos negros y se puso las manos en las anchas caderas. Por lo visto, Cici ya se la había ganado.

–En cuanto oyes mencionar a la señorita Cici, vienes corriendo como la liebre de ese cuento que os leía de pequeños, que intentaba alcanzar a la tortuga en el último segundo. Nunca olvidaré el último verano que la señorita Cici estuvo aquí. Tenía dieciocho años y era la cosita más linda que he visto en mi vida.

Logan deseó no recordar el modo en que el sol había creado un juego de luces y sombras en los senos de Cici, cuando la vio de pie en su piragua el día que él regresó a casa. Al verlo, había saltado de la barca y corrido hacia el bosque, grácil como una gacela. Él la siguió y ella lo saludó con los ojos oscuros tan chispeantes de júbilo que lo habían embrujado. Después de eso, la timidez la había silenciado y, diablos, a él también.

–Sólo lleva aquí una semana, la señorita Cici, y el señor Pierre ya está loco por ella.

–Me lo ha dicho –aseveró Logan con frialdad. Se imaginó a Cici acosando al vulnerable anciano.

–Ha mejorado mucho. Sé que quieres que se mude a Nueva Orleans...

–A un complejo residencial, cerca de mi casa, con fabulosa asistencia médica que podré supervisar personalmente.

–Pero esos sitios no son como el hogar, y ya sabemos lo ocupado que estás. ¿Con cuánta frecuencia podrías ir a verlo? El señor Pierre es feliz aquí. En esas residencias los ancianos se pasan el día sentados mirando al vacío.

–Tú no puedes cuidarlo día y noche. Tienes tu propia familia.

Desde que la mansión estaba abierta al público, la tarea principal de Noonoon era la de ama de llaves, no la de cuidadora de su abuelo. Había accedido a ayudarlo temporalmente.

–Bueno, ahora que la señorita Cici está aquí...
–No va a quedarse.
–Pues canta y toca el piano para él a diario. Le habla. Cenan juntos la mayoría de las noches. Y guisa. Recordarás cuánto le gustaba cocinar.

–Con su tendencia a viajar por el mundo, no estará aquí mucho tiempo.

–¿Tú crees? Parece muy asentada. Dice que está cansada de correr por ahí, que ha visto suficiente dolor para toda una vida. Y tiene que escribir un libro.

–¡Otro libro no! Espero que esta vez se centre en algo que no tenga nada que ver conmigo.

–No te ha mencionado.

Eso no lo tranquilizó. El libro de Cici sobre la industria petrolera en Louisiana, después del Katrina, había dejado muy mal a Energía Claiborne. No había mencionado ni una vez cuánta gente tenía empleo gracias a ellos. El libro estaba lleno de fotografías de tuberías oxidadas, fauna cubierta de crudo y barcos navegando en agua robada a la tierra. Los pies de foto culpaban a empresas como Energía Claiborne de la desaparición de las zonas pantanosas del estado.

–Y quiere ocuparse de su tío Bos –estaba diciendo Noonoon–. Está bastante débil tras su tratamiento, pero es testarudo como una mula. Lo llama a menudo, pero sigue negándose a hablar con ella. Después de tantos años, cabría esperar que la perdonara. Al fin y al cabo, lo único que hizo fue hacerse amiga de Jake y de ti.

El remordimiento le tensó la mandíbula. Cici seguía distanciada de su tío. Igual que Jake y él..., por culpa de aquel verano. Aunque la gente decente de la zona opinaba que no merecía la pena conocer a Bos, seguía siendo su tío y la había acogido cuando se quedó huérfana.

La enemistad entre Bos y *Grandpère* se había agudizado por culpa de las peleas de gallos que organizaba Bos. Cuando por fin las ilegalizaron, habían tenido menos cosas sobre las que pelear.

–Cici dijo que quería vivir en un sitio tranquilo y tú sabes bien lo tranquila que es la casa de invitados.

–¿La has instalado en la casa de invitados? ¿En mis antiguas habitaciones? –Logan estaba gritando, y nunca gritaba. Ni siquiera cuando alguien tan duro como Mitchell Butler intentaba arrancar millones de dólares de beneficios a Energía Claiborne.

–El señor Pierre ha sido quien decidió alquilársela –se defendió ella.

Logan recordó el llamativo Miata rojo que había visto aparcado junto al edificio octogonal de dos plantas y se le aceleró el pulso. Así que el peligroso deportivo era de ella. No tendría que haberlo sorprendido. A Cici siempre le había atraído el riesgo. Nada raro, tras vivir con esa rata de su tío, que organizaba peleas de gallos y la había criado, en general, a base de ignorarla.

Si su abuelo estuviera en condiciones, habría sabido que Cici no podía estar ocupándose de él de forma sincera. Debía de tener un plan oculto.

–Siento haber alzado la voz –susurró Logan, intentando recuperar el control–. Esto no es culpa tuya. Ni de ella. Es mía, por no haber trasladado a *Grandpère* antes. Hablaré con ella ahora mismo.

–A la señorita Cici no le gusta que la molesten por la mañana, si no es una emergencia. Escribe mientras el señor Pierre duerme. A las cuatro, el señor Pierre y ella hacen juntos la última visita guiada de la plantación. Estará libre para hablar alrededor de las cinco.

–¿Cómo puede andar él tanto, en su estado?

La mirada cortante de Noonoon le recordó que hacía un mes que no veía a su abuelo.

–La señorita Cici le hizo dejar el andador. Le compró un bastón y una silla de ruedas nueva, más ligera. Contrató al señor Buzz para que construyera rampas por todas partes. Empuja a Pierre cuando él se cansa. Con las rampas, ahora puede llegar hasta las antiguas cabañas de los esclavos.

Logan se tensó aún más. No se creía que Cici hubiera vuelto a casa para cuidar de su abuelo, ni siquiera sabía cuidar de sí misma. Era impensable que pudiera ocuparse de Pierre. No a largo plazo.

Su abuelo necesitaba enfermeras profesionales y los mejores y modernos cuidados, y los tendría.

Además: su abuelo era responsabilidad suya.

Cuanto antes se enfrentara a Cici y la echara de allí, mejor.

Capítulo Dos

Cici cerró el agua caliente y suspiró. Por primera vez en mucho tiempo se sentía bien, sorprendentemente bien. Casi en paz consigo misma.

Tal vez tomarse un respiro de sus cámaras y de la muerte que había visto en zonas de guerra, y volver a casa, había sido la decisión correcta.

Salió de la ducha, agarró una toalla y la tiró en el suelo. Plantó encima los pies descalzos, con sus uñas color rosa brillante, tomó aire y saboreó la sensual sensación del agua templada deslizándose por sus senos, estómago y muslos hacia la toalla.

Curvó los dedos con deleite. Ella, que había vivido durante meses en tiendas de campaña, sin acceso a agua corriente, valoraba una ducha caliente en un entorno familiar y seguro como el lujo que era. Agarró otra toalla, la enrolló alrededor de su cabello húmedo y rizado y empezó a frotar.

Las ventanas estaban abiertas. Sintió un escalofrío al captar la dulzura de la suave brisa perfumada con aromas de magnolia, mirto y pino.

Las ranas mugidoras cantaban. Más bien, bramaban a coro con los caimanes macho, excitados por la lluvia de la noche anterior, cuando Cici había salido al pantano en la piragua de Pierre, para observar a las garzas, garcetas y buitres volar de vuelta a sus nidos.

Apretó los ojos y escuchó. Casi podía oír el crujido del musgo moviéndose en los cipreses.

–Ah –emitió un suspiro profundo y feliz. Sabía que estaba vagueando y tendría que estar ante el ordenador, pero no podía resistirse a dedicar un momento a disfrutar del éxtasis que suponía estar en casa tras años de exilio.

Los escritores tenían miles de excusas para no escribir. Una, y grande, era enfrentar vida y trabajo. Era imposible escribir si uno no se permitía experimentar la vida.

Inspiró profundamente un par de veces. Hasta ese concreto y milagroso momento, de auténtica percepción, nunca se había permitido admitir cuánto anhelaba volver a casa y ver Belle Rose otra vez. Desde que se había quedado huérfana a los ocho años e ido a vivir en la cabaña de su tío Bos, en la tierra pantanosa que bordeaba la plantación de los Claiborne, Belle Rose había sido para ella la imagen del paraíso.

Ella no tenía cabida en Belle Rose, pero siempre había deseado tenerla. Lo más que se había aproximado fue cuando su tío Bos trabajó para los Claiborne como jardinero a tiempo parcial, y ella había sido libre para correr por toda la propiedad. Fue entonces cuando adquirió el hábito de seguir a Logan siempre que él estaba en casa.

–¿Qué diablos? –la profunda y familiar voz del actual propietario de Belle Rose resonó con tanta fuerza como el bramido de un caimán.

Durante un par de segundos, sintió la misma descarga de adrenalina que la vez que, en Afganistán, había sentido el silbido de una bala pasar a pocos centímetros de su rostro.

«Hay que acercarse a la muerte para filmarla».

Abrió los ojos y, al ver al hombre alto y de anchas espaldas que había en su dormitorio, gritó.

Llevaba nueve años imaginando lo que diría y haría si volvía a ver a Logan Claiborne. Para empezar, le cantaría las cuarenta. Pero en ese largo momento, de pura pesadilla, se quedó parada y muda como una idiota. Vagamente, percibió que los ojos de él estaban tan abiertos y cargados de emociones conflictivas como debían de estar los de ella.

Si él hubiera dado un solo paso, o dicho algo inteligente o insultante, habría gritado de nuevo. Pero como estaba tan paralizado como ella, no hizo nada. Absolutamente nada.

Siguió allí, completamente desnuda, dejando que la mirara. Pero, siendo periodista como era, la asaltaron un torbellino de ideas, sensaciones e imágenes visuales. Al principio, con tanta fuerza y rapidez que no pudo aferrarse a ninguna. Aun así, durante un segundo o dos se sintió en contacto con su yo personal más joven y vulnerable: la ingenua e inocente chica de dieciocho años que lo había amado, confiado en él y quedado destrozada por su brutal forma de tratarla.

No entendía cómo podía haberle hecho eso. Habían crecido juntos. Ella siempre había estado enamoriscada de Jake, el gemelo rebelde. Logan había sido más como un hermano para ella, un hermano que la ignoraba pero con quien se sentía cómoda y segura; al no estar encaprichada de él, la timidez no se interponía entre ellos.

Había jugado en la ciénaga con ella cuando era niña. Le había enseñado a fastidiar a los caimanes, recoger plumas de garceta y pescar cangrejos de río. Crecieron y ella superó su atracción infantil por Jake para enamorarse de Logan que, en realidad, siempre había sido su héroe. Entonces él la había seducido; poco después su mundo de fantasía se derrumbó sobre ella.

En esa misma habitación, había yacido desnuda bajo Logan, calentada por su enorme cuerpo, sin adivinar que le había hecho el amor para salvar a su hermano. Durante un instante, los preciados momentos que siguieron a la pérdida de su virginidad fueron tan vívidos que la aguijonearon con un intenso dolor de corazón. Durante todas aquellas largas noches de verano, él le había hecho el amor una y otra vez.

Cada noche, había esperado a que Bos se fuera al bar. Entonces corría por el bosque hacia la casa de invitados. Se había sentido totalmente viva en brazos de Logan. Y cada noche, su pasión crecía.

Había creído que la amaba hasta la noche en que Jake los encontró juntos y Logan le dijo que se había acostado con ella para salvarlo de una relación inconveniente. Después, Logan se había ido, poniendo fin a su cuento de hadas.

Durante días, había creído que volvería, le diría que lo sentía y que la amaba. Entonces había sabido muy poco de los hombres.

Cuando lo llamó dos meses después, en otoño, él la silenció fríamente, diciéndole que se había casado con Noelle, antes de que pudiera darle la noticia.

Ella había necesitado hablar con él. Cuando colgó, se había sentido abandonada, sabiendo que tendría que enfrentarse sola a una situación difícil. Por culpa suya, había odiado a los hombres durante años.

Aunque en algún momento de su vida había dejado de culpar a los hombres en general por sus crímenes, él seguía desagradándole intensamente.

Pero el impacto de verlo así, taladrando con sus fríos ojos azules cada centímetro de su cuerpo, desde los pezones erectos a los rizos húmedos y dorados de su entrepierna, fue tan fuerte que ni siquiera su odio le permitió reaccionar.

Finalmente, recuperó la presencia de ánimo suficiente para recordar la toalla. Con el ceño fruncido, se agachó para recogerla y se envolvió en ella, asegurándose de cubrir cuanto antes la cicatriz con forma de media luna de su abdomen.

Aun así, cuando alzó la vista, inquieta, descubrió que los ojos masculinos seguían ardiendo con el recuerdo de su cuerpo desnudo. Cubrirse parecía haber intensificado la cruda e indeseada intimidad que vibraba entre ellos.

Sonrojándose y luchando por no recordar las apasionadas noches de verano que habían compartido en ese mismo dormitorio, tragó saliva.

–Tendrías que haber llamado antes de entrar, maldito seas –dijo, con voz fiera y desafiante.

–Lo hice.

–Entonces tendrías que haber esperado a que contestara.

–Sí –aceptó él. Por fin tuvo la decencia de desviar la vista. Miró el escritorio, cubierto de papeles, tarjetas índice y fotografías, algunas de él–. Tienes razón.

Su expresión se ensombreció cuando vio un recorte de periódico que mostraba su rostro desolado. Le habían sacado esa fotografía poco después de la muerte de Noelle.

«Ay, ay, ¿por qué habré dejado fuera esa fotografía en concreto?», pensó ella.

—Ha sido una descortesía —dijo él—. No se me ocurrió que estarías...

—¿Desnuda?

—¿Por qué no echaste el cerrojo? —los ojos azules la miraron con ira—. ¿Y cómo has podido quedarte ahí parada... exhibiéndote, como si te gustara que te viera?

—¡Calla ahora mismo! —sintió una oleada de calor que la devoraba. Pura furia—. ¡Maldito seas! ¡Esto no es culpa mía! ¡Tú has irrumpido aquí! Por eso me has encontrado saliendo de la ducha, cosa que tengo todo el derecho a hacer.

—Sí, vale. ¡Tienes razón!

—No he acabado. Para que lo sepas, llevo duchándome nueve años, desde la última vez que te vi. Y nadie más, ni siquiera en zona de guerra, ha invadido mi privacidad así. Tú eres el culpable aquí, no yo.

—Vale. Ya lo has dicho. Con eso basta.

—No. No basta. Fuiste horrible conmigo en el pasado. Eres horrible ahora. Siempre actúas con altanería porque, en tu opinión, seré una basura hasta el día en que me muera. No era lo bastante buena para Jake ni para ti... y nada de lo que haga cambiará eso.

Él tragó saliva. Un músculo de su mandíbula se tensó violentamente.

—De acuerdo. Te he oído. Lo has dejado claro.

Eso era indudable, pero como él aún no se había molestado en disculparse, sintió que la consumían las llamas de la indignación, y otras horribles emociones que no quería nombrar. Se preguntó cómo podía seguir afectándola así.

A pesar de todo, notó los cambios en su apariencia. Había visto fotos de él en revistas, periódicos e Internet de cuando en cuando, claro. Era un hombre rico e importante. El trágico accidente de su esposa y su entierro habían recibido una vasta cobertura el año anterior, y Cici había devorado toda la información con ansia.

Sin embargo, era distinto verlo de cerca, sabiendo que su ira se debía, en parte, a que quería olvidarla, igual que ella a él.

Lo evaluó con frialdad. Ya no era el chico delgado que había amado, ni el hombre de rostro grisáceo de la fotografía del escritorio, cuyo obvio dolor casi le había hecho sentir lástima por él. Había ensanchado y la madurez le había dado un aspecto más viril y atractivo que nunca.

Estaba bien afeitado. Lucía una cara camisa blanca arremangada, tan húmeda por el calor que se pegaba a su musculoso cuerpo, demostrando que seguía en forma. Sus fuertes antebrazos estaban muy bronceados. Llevaba el cabello castaño oscuro más corto, pero parecía tan abundante y revuelto como siempre.

Cualquier desconocido vería en Logan a un hombre de negocios rico y respetable. Pero ella, que lo conocía a su pesar, sabía que bajo ese aspecto educado y atractivo acechaba una oscuridad peligrosa y salvaje. A Logan, igual que a ella, no le molestaba la excitación del riesgo.

Hizo un esfuerzo para recordarse que Logan Claiborne era egoísta y despiadado, y que una mujer inteligente lo evitaría. Sin embargo, estaba guapo. Demasiado guapo. Y no sólo porque hiciera tiempo que ella no salía con nadie.

Su tío Bos había tenido razón en algunas cosas. Había dicho que la gente rica podía ser más cruel y fría que nadie, y que haría bien alejándose de los Claiborne y su ralea. «Para ellos sólo eres basura de la ciénaga. Un juguete. Echan a las chicas como tú a los tiburones cuando se hartan de ellas», había aseverado.

–Vete –dijo con voz queda pero imperiosa.

Él cruzó los brazos sobre el ancho pecho y afianzó las piernas con testarudez masculina.

–No hasta que hablemos –respondió.

–Si crees que voy a quedarme aquí envuelta en una toalla y conversar contigo como si no hubiera ocurrido nada... después de cómo has entrado, me has mirado y me has acusado, estás loco.

–Entonces, vístete –le dio la espalda. Como no oyó movimiento, insistió–. No miraré. Te lo prometo.

–¡Como si pudiera volver a confiar en alguien como tú!

–La confianza no entra en juego –se giró en redondo y clavó en ella los tormentosos ojos azules–. No vas a quedarte en Belle Rose. Ni una noche más. Vas a dejar a mi abuelo en paz. Es viejo y vulnerable, presa fácil...

–¡Calla ahora mismo! Para tu información, tengo un contrato de alquiler de tres meses y una fecha editorial de entrega que cumplir. Y tu abuelo, que parece que tanto te importa, estaba hambriento de afecto. Anhelante. Y creo que conozco esa sensación, sobre todo en lo que respecta a ti –hizo una pausa–. El que me necesitara y me acogiera cuando volví a casa sintiéndome sola y vulnerable, en busca de mis raíces, es una de las razones por las que no pienso mudarme.

–Sólo lo estás utilizando.

–¿Y lo dices tú, que podrías escribir un libro sobre el tema? –inhaló profundamente–. Sal de mi apartamento, o llamaré a las autoridades.

–Esto es Louisiana. La ley me pertenece. Y dado que yo no firmé el contrato, no vale ni el papel en el que está escrito. Vístete para que arreglemos esto de una vez. Esperaré abajo.

–No soy la chica tonta que era hace nueve años. No puedes entrar aquí e intimidarme.

–Te reembolsaré cada penique que le hayas pagado a mi abuelo y más.

–Dinero. Crees que puedes librarte de cualquier problema pagando.

–Eso es injusto y tú lo sabes.

–¿Quién acaba de decir «Esto es Louisiana. La ley me pertenece»?

El rostro moreno adquirió un tono violáceo que no era tan favorecedor en él como en los jacintos de agua que crecían en el *bayou*, al borde de la hierba, detrás de Belle Rose.

–Te esperaré en la galería de Belle Rose –consiguió decir con voz helada y el cuerpo rígido.

–¿No vas a dejar que entre en la casa?

–Eso lo has dicho tú, no yo –contestó él.

–«La ley me pertenece» –se burló ella.

Cuando él salió, sin molestarse en contestar, se resistió al impulso de dar un portazo. Dejó que la puerta se cerrara suavemente y se apoyó en ella un largo momento, recuperando el aliento.

Le parecía increíble haber sido tan grosera. Incluso tratándose de él. Pero se lo había buscado.

No sabía por qué las mujeres con una gota de sangre sureña en las venas se sentían en la obligación de ser amables. Incluso con auténticos sinvergüenzas; y él lo era, aunque fuese rico, guapo y tuviera una casa como Belle Rose, que era pura poesía arquitectónica.

Fue hacia el escritorio. Lentamente, alzó la foto que lo mostraba tan perdido y triste. Había sacado tantas fotos de gente dolida, que reconocía el sufrimiento real cuando lo veía.

Como no quería pensar en eso, ni sentir lástima por él, guardó la foto en un cajón.

De repente, se dio cuenta de que no lo había oído bajar las escaleras. Se preguntó si estaría al otro lado de la puerta. O si se sentía tan afectado y confuso como ella tras el reencuentro.

Tal vez, al fin y al cabo, fuera humano.

Cuando se planteó la posibilidad de haberlo herido, aunque fuera un poco, sintió un pinchazo en el corazón, igual que la primera vez que había visto esa foto de él tras la muerte de Noelle.

Cerró los ojos y volvió a ver su rostro oscuro y tenso de dolor después de decirle que hacer el amor con ella no había significado nada... que nunca la había querido y que sólo lo había hecho para salvar a su gemelo. Nunca había sabido qué creer: si sus brutales palabras o el dolor que mostraban sus ojos.

Tomó aire y se dijo que lo único que importaba era que la había abandonado. Igual que las buenas fotografías, las acciones reflejaban las auténticas verdades.

Cuando se quitó la toalla para vestirse, captó su reflejo en el largo espejo de la pared.

Encendió la luz y estudió la cicatriz con forma de media luna que tenía en el estómago. Igual que le ocurría siempre que se permitía recordar la terrible noche en la que, tras una cesárea de urgencia, había perdido a su bebé, el hijo engendrado por un hombre que se había negado a escucharla cuando intentó comunicarle su embarazo, se quedó paralizada.

En ninguna circunstancia podía permitirse que su corazón se ablandara respecto a Logan Claiborne.

Agarró una blusa y se apartó del espejo. Lo último que necesitaba era un recordatorio de lo profundamente involucrada que había estado con el hombre airado que acababa de marcharse.

Había terminado con él para siempre.

Capítulo Tres

Logan estaba furioso consigo mismo por haber irrumpido en la casa de invitados, impaciente al ver que Cici no abría de inmediato.

También estaba furioso con ella. Por haberse quedado parada en el baño, desnuda, oliendo a jazmín, con el delicado rostro tan desconcertado, dorado y glorioso; los labios y el cuerpo húmedos, tentándolo mientras se frotaba el cabello rizado con la toalla.

Pero, como ella había dicho, tenía todo el derecho a estar allí.

Ver las brillantes gotas de agua deslizarse por sus pezones oscuros, lo había excitado. Su sangre se había convertido en lava. Se había sentido como una bestia. Aún en ese momento, seguía queriendo lanzarse contra ella, apretarla contra la pared y tomarla allí mismo. Quería volver a saborear esos labios, lamer esos pezones y otros lugares secretos hasta que ella gimiera de éxtasis, quería enredar los dedos en sus espesos rizos. Sí, había deseado ahogarse en Cici Bellefleur.

No sabía cómo podía seguir deseándola con cada célula de su cuerpo, a pesar del pasado. Se preguntó por qué seguía recordando los rizos dorados desparramados sobre su almohada cada noche, después de hacer el amor. Le había encantado trazar el contorno de sus labios blandos e hinchados con la punta del dedo, lamentando más, cada noche que pasaba, que su obsesión por ella creciera con cada beso y cada caricia; había llegado a desearla para sí más de lo que Jake la había deseado nunca. Entonces había empezado a angustiarse con lo doloroso que sería renunciar a algo tan bello e infinitamente preciado para él.

Pero *Grandpère* había opinado que Cici era igual que la madre de los gemelos: una chica pobre que pretendía mejorar de vida a costa de ellos, que dominaría su vida como su madre había dominado a su padre, que gastaría cada céntimo de su fortuna hasta arruinarlos a todos.

Grandpère no dejaba de repetir que había tenido que ser duro con él porque había sido demasiado blando con su padre y con Jake. Y como consecuencia de esa debilidad suya, la empresa familiar estaba al borde de la ruina y Jake era rebelde y estaba fuera de control. Su abuelo le había advertido que todo dependía de que Logan realizara un matrimonio prudente y se centrara en salvar Energía Claiborne.

La opinión de *Grandpère* sobre el matrimonio de los padres de Logan y el declive de la fortuna familiar era correcta. Familia y empresa se iban a pique. Según su abuelo, eran necesarios algunos sacrificios y nadie excepto Logan podía hacerlos.

–No me decepciones tú también, como siempre hicieron tu padre y tu hermano –había dicho su abuelo cuando Logan se resistió a interponerse entre Jake y Cici. La noche siguiente, Logan la había seducido para salvar a su hermano. Días después, Jake los había pillado en la cama juntos y había abandonado la familia asqueado, sin llegar a saber por qué Logan había actuado así, y sin saber que Logan había caído, cruelmente, en su propia trampa.

Logan había obedecido a su abuelo y se había acostado con Cici para salvar a su hermano y a la familia de la ruina, pero de inmediato entraron en acción otras fuerzas y comprendió que siempre la había querido para sí.

Sin embargo, pronto supo que él también tendría que romper con Cici, pues no era mejor compañera para él que para Jake. No había pretendido herirla amándola y haciendo que ella lo amara. Había tenido la esperanza de que con el tiempo la olvidaría, y ella a él.

Cuando se casó con Noelle, se había dicho que el hombre que había amado a Cici había muerto. Pero en ese momento, todos los anhelos del joven que había sido clamaban dentro del hombre que era. Ella lo atraía más que nunca.

Se preguntó por qué Cici había guardado la foto que le sacaron en uno de los peores momentos de su vida, el día del entierro de Noelle, cuando él admitía para sí que se había portado como un bastardo, y no sólo con Cici.

La muerte de Noelle lo había devastado, pero por las razones erróneas. Supo que nunca la había amado, que sólo la había deseado la mitad de lo que deseaba a Cici. Y se había odiado por ello.

Nueve años antes había creído hacer lo correcto al rechazar a Cici y casarse con Noelle. Pero su matrimonio no había funcionado. Nada en su vida personal había ido bien desde Cici.

Logan se obligó a aflojar la mano que aferraba el segundo vaso de té helado con menta y limón. Deseó que su ardor por Cici se enfriara.

Alicia lo estaría esperando esa noche en Nueva Orleans. Un hombre cuerdo y maduro dejaría de desear el voluptuoso cuerpo desnudo de Cici. Pero él no estaba cuerdo. La imagen de su piel húmeda y su expresión vulnerable no lo abandonaba.

Tal vez la gramática de Cici hubiera mejorado, era una excelente escritora, aunque irritante, pero nada indicaba que fuera más adecuada para él que antes. Siempre había ido en contra del sistema; era rebelde y aventurera, él era conservador hasta la médula. Además, su tío era casi un proscrito.

Se preguntó si esas diferencias importaban en el siglo XXI, o si era más importante el deseo crudo, primitivo y real que sentía por Cici.

Le habían enseñado que dinero, clase y poder y la voluntad de aceptar las responsabilidades que conllevaban, separaban a gente como él y ella. Él seguía las reglas; ella y su tío las pisoteaban todas. Nada era sagrado para Cici. Ni siquiera la muerte. Sus libros y fotos lo probaban.

Por dinero, había sacado la foto de un niño perseguido por buitres, para horrorizar a una audiencia de rapaces humanos, ávidos de escenas de miseria. En algunos momentos esa foto lo perseguía. No podía sentir empatía por una mujer que había vivido del sufrimiento de otros.

Sus sentimientos por ella se limitaban a la lujuria. Ya lo había obsesionado en el pasado. No permitiría que sus instintos animales lo dominaran y arruinaran su vida, o la de ella, otra vez.

Lo peligroso era que estuviese tan preciosa como siempre, o incluso más. Sólo con verla, su corazón se había abierto y rasgado de añoranza. Se había sentido como si les hubieran arrebatado, cruelmente, años cruciales de su vida.

Estaba preguntándose cuál sería la cura de una lujuria tan grave, si una boda rápida con la refinada Alicia o seducir a Cici una vez más para sacársela del cuerpo, cuando se abrió la puerta y salió su abuelo agarrado del brazo de Noonoon.

Dio un respingo al verlo mucho más fuerte y vigoroso. Ya no era la sombra frágil y fantasmal que, yaciendo en la cama hacía menos de un mes, le había confiado a Logan que desearía estar muerto. Entonces fue cuando Logan se había desvivido para encontrar la residencia ideal en Nueva Orleans para su abuelo enfermo.

–¡*Grandpère*! –Logan se puso en pie–. ¿Dónde está tu andador?

–No hacía más que tropezar con el estúpido cacharro –farfulló Pierre, casi enfadado, casi tan autoritario como antes–. Cici me consiguió este bastón –soltó a Noonoon y lo agitó en el aire.

«Cici». Aunque Logan se alegraba de que su abuelo hubiera mejorado tanto, lo irritó acalorarse con sólo oír su nombre.

–Pero Cici sugirió que utilizara una silla de ruedas durante nuestra visita guiada de la tarde –volvió a agitar el bastón–. No me gusta, porque me hace parecer viejo.

–Tienes casi ochenta años.

–Cici dice que la edad es sólo una actitud.

–Tendría que haberte visto en el hospital.

–¡Me alegro de que no me viera!

–Vale. Mira, no quiero discutir ni recordarte tiempos menos felices –Logan fue hacia él y lo abrazó con cariño–. Me alegra que estés mejor. Se te ve más sólido y fuerte, has ganado peso.

–Come mucho desde que Cici ha empezado a hacerle guisado y su budín favorito, de alubias rojas y especias. ¡Siempre le gustó cocinar!

–Cici ha sido maravillosa –los ojos azules del anciano chispearon y enrojeció–. Me ha dado nuevas ganas de vivir. Casi me alegro de haber tenido la maldita apoplejía. Dudo que estuviera mimándome tanto si no la hubiera tenido.

Su sonrisa y el brillo de su mirada le hacían parecer diez años más joven.

–Por cierto, ¿recibiste nuestra invitación?

–¿*Nuestra* invitación?

–Para la fiesta de mi octogésimo aniversario, el sábado que viene. No contestaste. Cici supuso que estarías demasiado ocupado para venir. ¿Es así? –su abuelo lo miró con reproche.

–No he recibido ninguna invitación, no sabía nada. Y no llevo mi agenda encima –contestó Logan, con voz serena.

–Tu invitación se habrá perdido en el correo –dijo Cici con falsa alegría, a su espalda.

«Perdida, un cuerno. Una bruja sexy sin duda me ha excluido del envío», pensó Logan.

Se dio la vuelta y sintió otra indeseada oleada de calor al verla. Llevaba una camiseta rosa que se tensaba sobre sus generosos pechos; bajo el rostro de un motorista se leía: *Bar T-Bos*. Sus ajustados vaqueros tenían agujeros en las rodillas.

T-Bos era un bar de moteros, de mala reputación, situado en la propiedad de su tío, junto a Belle Rose. Un claro desafío a los Claiborne.

Logan pensó que tendría que haber una ley en contra de camisetas como ésa, al menos en cuerpos como el de ella. Se pegaba a sus senos y cintura casi más que el pantalón a su trasero. Era un conjunto endiabladamente sexy, igual que la mujer que lo llevaba. Cici no era nada conservadora.

–Jake va a venir –dijo ella. Él creyó percibir un tono retador en su voz.

–¿Has invitado a Jake? ¿Y a mí no?

–¿Aún compitiendo con él?

–¡No, diablos! –sus sentimientos por su gemelo eran mucho más complicados–. ¿Cómo iba a hacerlo? Gracias a ti, hace nueve años que no hablo con él.

–¿Sólo… por mí? Qué corta es la memoria.

–He telefoneado, pero rechaza mis llamadas.

–¿Y de veras lo culpas por ello?

La pregunta volvió a recordarle lo que había hecho para interponerse entre Jake y ella.

–Perdona. No quiero discutir –dijo Cici–. Yo tampoco había hablado con él hasta hace unas semanas. Vive en Orlando, supongo que lo sabes, y también sabrás que después del Katrina montó una sucursal de su empresa en Nueva Orleans.

Él sabía que Jake, arquitecto y constructor de éxito en Florida, se había ofrecido para ayudar a reconstruir Nueva Orleans después de que quedara casi en ruinas tras dos huracanes. Pero Jake nunca se había molestado en ir a visitarlo cuando pasaba por la ciudad. No lo culpaba.

–Pensé que era una lástima que no hubiéramos vuelto a hablar desde aquel verano –dijo ella–, así que un día le telefoneé.

–¿Y contestó?

–¿Por qué no iba a hacerlo? No tenía ninguna razón para estar enfadado conmigo. Hablamos durante al menos media hora.

–¿De qué?

–Si vienes a la fiesta, podrás preguntárselo.

–Como he dicho, tengo que revisar mi agenda.

–Vendrás, ¿no? –la voz de *Grandpère* sonó más débil. Logan se sintió atrapado.

–Ha disfrutado planificando la fiesta, y Cici ha trabajado mucho en ella –comentó Noonoon con voz suave–. Iré dentro a traerte una invitación.

–Ya han aceptado unas cien personas –añadió Cici–. Hay montones de amigos tuyos. Les dejé pensar que la fiesta era idea tuya.

–¿Mía? Muy generoso de tu parte.

Los tres lo miraban, esperando, suplicando con los ojos que asistiera. Era una ironía que en los negocios batallara a muerte y en cualquier cuestión que afectara a su abuelo estuviera dispuesto a rendirse en un instante.

–Vale. Me doy por vencido. Daré máxima prioridad a la fiesta –hizo una pausa–. Cici, tengo que volver a Nueva Orleans hoy. Tengo una cita.

–¿Con Alicia Butler? –Cici arqueó las cejas–. ¿De Astilleros Butler?

–¿Cómo diablos sabes tú eso? –se contuvo al ver que ella sonreía.

–Soy periodista. Leo las columnas de cotilleo.

–Tú y yo tenemos que discutir tu contrato de alquiler. ¿Lo has traído?

–Lo siento –Cici se llevó las manos a la boca, sin aspecto de sentirlo en absoluto–. Lo olvidé.

Él sabía que una mujer que estaba tan al tanto de

lo que ocurría en su vida personal no olvidaba nada. Lo había hecho con el fin de provocarlo.

–¡Pues ve a buscarlo! –tronó.

–De acuerdo –ronroneó Cici, sonriendo a Noonoon y a Pierre, que parecían alarmados. Después, miró hacia la parte trasera de la casa–. ¡Oh, vaya! El grupo para la visita ya está aquí. Noonoon, sé que es mucho pedir, con tanto como tienes que hacer, pero si no te importa empujar la silla de Pierre, podríais hacer juntos la última visita del día. No hace falta que hables. Lo haría yo, pero el señor Claiborne insiste en comentar mi contrato de alquiler. Tal vez para cuando acabe la visita, nosotros también habremos acabado y podrá irse –sonrió con dulzura empalagosa–. Al fin y al cabo, tiene una cita importante con Alicia Butler. Astilleros Butler.

Logan, a punto de explotar otra vez, hizo un gesto afirmativo a Noonoon, que se fue con Pierre. Cici corrió hacia la casa de invitados para recoger el documento que había «olvidado». Él, colérico, se descubrió observando su trasero alejarse, con mucho más interés del debido.

Se dijo, no por primera vez en el día, que tenía que calmarse, que él tenía el control y que cuando Cici volviera, sería tan despiadado que ella no tardaría en hacer las maletas.

–He dicho que te pagaré el doble de lo que le diste a mi ingenuo abuelo, si rompes este documento carente de valor y te vas mañana.

Logan se relajó al ver que Cici, sentada en un sillón de mimbre, en la galería, fruncía el ceño como si estuviera considerando su generosa oferta. Luego alzó la vista y sonrió, sonrojándose de forma tan encantadora que deseó acariciarla.

Ella lo miró con ojos chispeantes, hechiceros.

—Si me acuesto contigo, por los viejos tiempos, ¿me dejarás quedarme? —su voz sonó suave y ronca, algo temblorosa, y fluyó por el cuerpo de él como música, incitándolo. Sintió algo vital y real.

—¿Qué? —rugió, bajando la vista hacia sus senos, a su pesar. La escandalosa oferta lo tentaba. Algo que, sin duda, ella sabía. La maldijo para sí.

—Oh, vaya, hasta las orejas se te están poniendo coloradas —se rió ella—. ¿Por qué será?

Él era como un volcán a punto de estallar.

—¡Deja de mirarme los pechos como si te los estuviera ofreciendo en bandeja! Bromeaba, ¿vale? Parecías tan serio y tenso que pensé que un poco de humor nos vendría bien a los dos.

—Yo no bromearía sobre algo así, si fuera tú —casi escupió él.

—¿Por qué? ¿Tal vez porque te irrita tener tantas ganas de acostarte conmigo?

—No quiero acostarme contigo —su voz le sonó rara, tal vez porque tenía los dientes apretados.

—Bien —dijo ella con un tono burlón que indicaba que no lo creía—. Porque yo tampoco te deseo a ti. Así que ambos estamos a salvo. No hay peligro. Tú tienes a tu preciosa Alicia, la señorita Astilleros Butler, y yo tengo mi trabajo.

—¿No hay novio? —preguntó él sin saber por qué. Le importaba un cuerno que lo tuviera o no.

—¿Te importaría?

—Déjalo ya.

-Puedo hacer una pregunta si quiero. Ya no tienes derecho a decirme qué decir o hacer.

-Nunca hice nada similar. No fuimos tan importantes el uno para el otro.

-Gracias. Dicen que ser humillado de vez en cuando es bueno para formar el carácter.

-Te quiero fuera de mis tierras. Si no aceptas mis términos, mi abogado se pondrá en contacto contigo. Créeme, batallar por la legalidad de este contrato te costará mucho más de lo que vale. Si eres inteligente, aceptarás mi oferta.

-Veo que te has acostumbrado a pisotear a la gente. Casi siento lástima de ti. No has aprendido nada en nueve años. Sin duda, eres más rico y frío, así que mucha gente pensará que has tenido éxito. Pero apuesto a que no eres tan feliz ni estás tan satisfecho de tu vida como aparentas, o no estarías intentando mangonearme. Estás viviendo una mentira, Logan Claiborne, y soy una de las pocas personas que lo saben. Por eso quieres que me vaya. No quieres enfrentarte a lo que eres y sientes de verdad. No eres un caballero elegante y refinado. Utilizas tu dinero como escudo para defenderte de cualquier cosa real... como yo.

-Rompe ese papel. Haz lo más inteligente por una vez. Simplemente di que aceptarás mi dinero.

-¿O qué? -se pasó la lengua por el labio inferior, humedeciéndolo. Algo que él había contenido durante nueve malditos años estalló en su interior, liberando una fuerza incontenible.

Con una rapidez que los sobresaltó a ambos, más a él, agarró sus finos hombros, la puso en pie y tras rodearla con los brazos, la aplastó contra sí.

–No deberías haber vuelto aquí. No tendrías que haber vuelto a embarullarme.

–Entonces, sí que me deseas, un poco –susurró ella con voz musical, contra su cuello–. ¿Por eso me tienes tanto miedo?

–No tengo miedo. Tienes que irte –masculló él con furia, demasiado consciente del suave contacto de sus senos–. Lo sabes. Y yo también.

–¿Lo sé? –hizo una pausa–. Pues voy a decirte algo: no lo sé. Hace mucho que no compartimos página, señor Claiborne. Por suerte para mí.

–Maldita seas.

–Quiero quedarme y lo haré, hasta que esté lista para irme. Me iré, pero cuando yo lo decida.

–Si eres inteligente…

–¿Qué? ¿Me marcharé antes de tentarte para que vuelvas a mi cama? –se rió con ganas.

Una leve brisa acarició el porche, agitando unos mechones rubios contra su sien. Era tan sexy y su cuerpo tan cálido, que él perdió la concentración. No podía pensar teniéndola en sus brazos. Imposible pensar sintiendo la presión de sus voluptuosos pechos, oliendo el aroma a jazmín de su piel y su champú, viendo sus labios entreabiertos tan próximos a él.

Lo incitaba con sus palabras y tenía razón. La deseaba desnuda, húmeda y excitada bajo él.

Bajó la boca hacia la suya. Si no se hubiera apretado contra él, tal vez habría recuperado la cordura. Pero lo abrazó, estremeciéndose; él no pudo evitar besarla una y otra vez. Y con cada beso, el deseo, tanto tiempo reprimido, creció hasta convertirse en una fiebre tormentosa. Cuando ella ronroneó y abrió su deliciosa boca para que su lengua la llenara, el mundo empezó a girar a su alrededor de forma vertiginosa.

No tenía ni idea de cuánto tiempo había pasado devorando sus labios, ni cómo había hecho acopio de fuerza para apartarse antes de que fuera demasiado tarde.

Jadeando, la miró. Unos segundos más y la habría llevado a la casa de invitados, para tomarla de forma salvaje y violenta, no con la ternura de su primera noche juntos. Y una vez no habría bastado. Seguía tan obsesionado con ella como en el pasado.

Sintiéndose culpable, buscó su mirada. Vio que ardía igual que él: mejillas arreboladas, labios hinchados y ojos encendidos como llamas.

—Aún te odio —respiraba con tanta fuerza que sus bellísimos senos subían y bajaban, tentándolo a cometer nuevas indiscreciones—. Te odio aún más que Jake. Te odio por lo que hiciste en el pasado. Por lo que fuiste entonces. Pero, sobre todo, te odio por lo que sigues siendo. Y por lo que acabas de hacer. Tomas, pero no das.

—Bien —susurró él, odiándose más de lo que Jake y ella podían llegar a odiarlo—. Concéntrate en eso y tal vez podamos solucionar este asunto sin volver a destrozar nuestras vidas.

—Creía que yo era la única que había sufrido —musitó ella—. ¿Estaba equivocada?

Ni en un millón de años admitiría que había sufrido al perderla y que había hecho sufrir a Noelle... Lo cierto era que, después de rechazar a Cici y obligarse a olvidar lo que sentía por ella, para casarse con Noelle y hacerla feliz, le habían fallado las fuerzas. En aquella época había creído que, si se empeñaba, podría hacer cualquier cosa, que podría crear la vida que soñaba su abuelo para él a base de fuerza de voluntad. Pero su obsesión por Cici lo había dominado.

A lo largo de los años, ella lo había perseguido. Cada vez que había vuelto a Belle Rose, incluso con Noelle, los recuerdos de la sensualidad y dulzura de Cici lo habían subyugado, como si ella estuviera allí.

«¿Por qué no puedo librarme del poder que tiene sobre mí?», se preguntó.

Sin atreverse a mirarla de nuevo, por miedo a perder el poco control que aún tenía sobre sí mismo, Logan se dio la vuelta y bajó las escaleras del porche. Fue hacia la parte trasera de la casa, como si lo persiguieran los demonios, y llamó a su abuelo.

Cici lo siguió corriendo, con los ojos oscuros abiertos de par en par. Pierre, sonriente, alzó la mano para detener la visita guiada y descubrir qué quería su nieto.

–¿Va todo bien, Logan? –preguntó.

–Es hora de que me vaya –agarró la mano de su abuelo y la estrechó con gentileza, notando la debilidad del apretón del anciano.

–Entonces, si ya has acabado con Cici, ¿está libre para acompañarme el resto de la visita?

–Sí –rezongó Logan–. Ya he acabado con ella.

–Fantástico. Me encantará hacerlo –dijo la voz aterciopelada y risueña de Cici a su espalda.

Sin duda, ella pensaba que había ganado la partida. Logan no miró a Cici ni a la gente que rodeaba a su abuelo, pero notó que habían percibido cierta tensión, porque los miraban con avidez. Se despidió de su sonriente abuelo.

Mientras se alejaba, se juró que al día siguiente le

pediría a su director ejecutivo, Hayes Daniels, que pusiera al grueso de su departamento legal a trabajar en contra de la desafiante Cici. Al fin y al cabo, la plantación, abierta al público, era propiedad de Energía Claiborne.

Sonrió con desdén. Cici no resistiría un asalto como ése. Pronto se libraría de ella.

Capítulo Cuatro

Logan, con un infernal dolor de cabeza tras una noche en vela, llegó a la oficina poco después de las seis de la mañana. Trabajó en los últimos detalles de la fusión durante un par de horas.

El primer indicio de que Cici había lanzado un contraataque, incluso antes de que él arrancara motores, llegó a las nueve de la mañana. Logan estaba en el lujoso despacho de Hayes Daniels, tras haber comentado con sus abogados el asunto de la señorita Bellefleur, su ilegal contrato de alquiler y la estrategia que emprenderían contra ella, cuando su secretaria lo llamó.

–No es una simple llamada telefónica –dijo la señora Dillings con indignación, cuando se atrevió a recordarle que le había dado instrucciones de que no lo interrumpiera–. Pensé que te gustaría saber que tu abuelo está aquí. Sobre todo teniendo en cuenta que fuiste a visitarlo ayer.

–¿Aquí? ¿En Nueva Orleans?

–Aquí. En tu despacho. Y, la verdad, no parece en absoluto el inválido que has descrito. Si no fuera por la cojera, nadie sabría que ha sufrido una apoplejía. Parece ansioso por hablar contigo. Ha dicho «inmediatamente». Ya sabes cómo saca la barbilla hacia fuera y gruñe, exactamente igual que tú, cuando no se sale con la suya. Bueno…, pues yo diría que amenaza tormenta.

Ella lo sabría mejor que nadie. Su abuelo había sido su jefe antes que él. La señora Dillings era muy buena en su trabajo y era consciente de ello, o nunca se habría atrevido a hacer un comentario como ése. Tal vez Logan tendría que recordarle que se perdían más empleos por indiscreción que por incompetencia.

–Iré ahora mismo. Pregúntale si quiere algo… una taza de café… un bollo… diablos, una docena de bollos.

–Viene con una acompañante encantadora. La señorita Bellefleur.

El nombre le hizo pensar en unos senos tensando el feo rostro de un motero, impreso sobre algodón rosa; su dolor de cabeza empeoró. La inquietud que lo había mantenido en vela toda la noche lo atenazó de nuevo. Se levantó y empezó a pasear por la sala

–La señorita Bellefleur ya ha pedido bollos. Le gustan con azúcar en polvo extra.

Él recordó a una Cici de dieciocho años sentada frente a él bajo el toldo blanco y verde del Café du Monde, lamiéndose el azúcar en polvo que tenía en el pulgar. Aquella tarde cada uno de sus gestos lo había hechizado.

–Ya. Bien –acalorado, Logan concluyó la conversación.

Sin dejar de andar, miró a Hayes, que estaba recostado en su sillón de cuero negro, con las largas y musculosas piernas cruzadas.

–Está aquí –dijo Logan.

–¿Quién? –preguntó Hayes sonriendo, y estudiando su rostro con sus afables ojos negros.

–Cici –ladró Logan, como si la pregunta fuera ridícula.

–Nuestra infame señorita Bellefleur –Hayes se inclinó hacia delante y lo escrutó–. Nuestros abogados no han tardado mucho. Acabamos de hablar con ellos y la villana ya está aquí para defender su caso –sonrió.

–Es obvio que los abogados no la han localizado. Porque está aquí y no en Belle Rose, donde le corresponde, y donde habría podido contestar al maldito teléfono.

–Pensé que precisamente se trataba de que no le corresponde estar allí.

–Sí. Exacto. Desde luego –dijo Logan, pensando que Cici se le había adelantado.

–Empiezo a darme cuenta de que tu Cici debe de ser un buen trasto.

Cualquier mujer dispuesta a arriesgar el pescuezo en zonas de guerra, con el objetivo de su Leica como único escudo contra las balas, tenía que ser, por definición, un trasto.

–¡No es mi Cici! –gritó él, que nunca gritaba.

–Si tú lo dices… No has parado de hablar de ella. Nada, ni siquiera tu esposa, te ha distraído nunca de esta manera.

–Porque está utilizando a mi abuelo para acceder a mí.

–Un truco sucio.

–Los tiene a montones.

Hayes, su mejor amigo, antiguo compañero de habitación en la universidad, y su director ejecutivo, era alto, moreno y duro como el acero, mucho más duro que Logan. Por eso había sido contratado. El problema era que Hayes, que también era endiabladamente entrometido, lo estaba observando con mucho interés y, probablemente, excesiva perspicacia.

–Será mejor que vaya a ocuparme de ella –dijo Logan.

–Acabas de hablar con nuestro equipo legal para no tener que tratar con ella personalmente. ¿Por qué no envías a Abe? Dijiste que no querías ensuciarte las manos con esto. Que es un asunto trivial y doméstico.

–Exacto. Eso fue lo que dije.

De repente, el asunto de Cici le parecía demasiado personal para encomendárselo a otras personas, incluido Abe, el jefe de su despiadado equipo legal.

–¿Te he dicho alguna vez cuánto me molesta que me echen en cara mis propias palabras?

–¿Y a quién no? –Hayes soltó una carcajada–. Mantenme informado. Quiero saber cómo acaba el segundo asalto. Cici es mucho más interesante que cualquier fusión con Astilleros Butler. Por cierto, empiezo a preguntarme si Mitchell Butler ha sido totalmente honesto con nosotros. Es sólo una intuición de momento… pero…

–Investígalo –dijo Logan.

El corazón de Logan latía desbocado desde que había entrado en su despacho y había visto a Cici y a su abuelo, sentados uno junto a otro, disfrutando de bollos y café. Sin preocuparse por las migas que habían dejado caer por la mesita, se sonreían el uno al otro.

El anciano parecía más feliz que en muchos años y eso habría alegrado a Logan si se fiara de Cici. Pero… ¿cómo iba a sentirse su abuelo cuando Cici acabara su libro y volviera a arriesgar su vida por el mundo, para sacar unas fotos? Cici era una aventurera, no una cuidadora.

Logan se sentó tras su escritorio, pulsó el botón del intercomunicador y le dijo a la señora Dillings que no le pasara llamadas. Luego miró a su abuelo, que había girado la silla para mirarlo de frente.

Cuando el anciano frunció el ceño, Logan se encogió. Sólo el hombre que lo había criado conseguía que Logan volviera a sentirse como si tuviera cuatro años, con sólo un gesto. Había estado muchas veces allí de pie, cuando el despacho pertenecía a su abuelo, esperando a que le diera una charla tras haber cometido alguna pequeña infracción infantil.

Mientras esperaba, Logan empezó a sentirse enjaulado en la sala llena de cuero, cromo y superficies de madera pulida. Y sabía a quién culpar por su incomodidad.

Pero no iba a darle a la deliciosa señorita Bellefleur que estaba, efectivamente, lamiéndose los dedos con gracia felina, la satisfacción de mirarla. Sin embargo, sólo veía a Cici.

Con su camiseta morada y ajustados vaqueros negros, y los dedos pegajosos de azúcar, era un estallido de color voluptuoso en el elegante despacho en tonos beige.

Se preguntó por qué siempre llevaba ropa que clamaba «mírame». Dudaba que tuviera un vestido decente o un traje conservador. O unos sencillos zapatos negros que ocultaran esas uñas pintadas de color morado, que en ella resultaban de lo más sexy. Hacían juego con la camiseta.

Tenía recuerdos de esos pies medio desnudos.

Después de hacer el amor solía subirse encima de él y se estiraba, apoyando las plantas de los pies en los suyos. Le había encantado sentirla sobre él, mientras se preguntaba qué haría a continuación.

Esa mañana llevaba el pelo suelto y una cascada de rizos caía sobre sus hombros. No solía gustarle el pelo alborotado, excepto en la cama. Pero estaba poniéndose duro como una roca.

Ignoró a Cici y se concentró en su abuelo.

–Pareces molesto, *Grandpère*. ¿Por qué has venido?

–Tal vez porque estar sentado en Belle Rose no me hace ningún bien. Siempre fui un hombre de acción.

–Sí que lo eras.

–He venido porque quiero empezar a rectificar algunos errores.

–¿Por ejemplo?

–En el pasado fui injusto con Cici. Tú también.

–¿Instigado por quién? –susurró Logan.

–Por mí. Asumo toda la responsabilidad. Estaba furioso con Bos y decepcionado con el fracaso de tu padre y la rebeldía de Jake; no quería que Jake se dejara seducir por Cici y se casara con ella. Temía lo que haría una sobrina de Bos con nuestra propiedad, no me fiaba de ella. Y te pedí que intervinieras para salvar a tu hermano, que era más susceptible a la tentación que tú.

Su abuelo no sabía de la misa la mitad.

–Y, por culpa de eso, Cici se sintió tan herida que escapó y emprendió una profesión peligrosa y desgarradora. Ha estado lejos, hasta ahora.

–¿Es eso lo que te ha contado?

–Anoche mantuvimos una larga charla –asintió su abuelo–. Quiere volver a casa. Dice que me perdona.

Ha convencido a Jake para que venga a casa, que es algo que he deseado desde que enfermé. Y tú, en cambio, quieres echarla.

Logan miró a la joven. Su rostro frágil, enmarcado por montones de rizos dorados, parecía tenso y ensombrecido por la luz matinal. Ante su escrutinio, Cici se sonrojó y desvió la vista.

–Que yo sepa, Belle Rose no es ni ha sido nunca su casa –apuntó Logan–. Debería alquilar otro sitio, *Grandpère*. No creo que sea… la mejor influencia para ti… en tu estado actual.

–Deja que sea yo quien lo juzgue. No soy el hombre que era y Cici nunca ha sido la chica que creí que era.

Logan tragó saliva. Se sentía más culpable que nunca respecto al pasado; no le ayudó nada ver que Cici tenía las manos sobre el regazo y que temblaban.

Se preguntó si también había tenido problemas para dormir la noche anterior. Si había revivido el maldito beso una y otra vez, como él, anhelando más. O si lo odiaba con todas sus fuerzas.

–Quiero que cedas y permitas que se quede… cerca de mí –persistió su abuelo.

Logan miró el rostro pálido y contrito de Cici. A su pesar, se sentía emocionado por la petición de su abuelo y, como él, avergonzado por sus propias acciones de nueve años antes.

Sobre todo, estaba dolido. Pero no podía deshacer el pasado. Jake se había ido porque estaba furioso con Logan por obedecer a su abuelo y acostarse con Cici para salvarlo. Había dicho que estaba harto de que los Claiborne se empeñaran en manipular la vida de los demás.

–*Grandpère* dijo que la familia no podía permitirse otro matrimonio como el de nuestros padres. Que uno de nosotros tenía que ser sensato –había intentado explicarle Logan–. Sabía que si tú te acostabas con ella, el asunto acabaría en boda, así que me dijo que lo hiciera yo. Para salvarte, Jake.

–¿Qué eres tú? ¿Su marioneta? Cici no se merece eso. No es como mamá. Ni tú como papá. Es raro, solía pensar que eso era bueno, te admiraba. Ahora sólo quiero dejar esta familia.

Jake le dio un puñetazo en la mandíbula y se fue. Logan no había vuelto a verlo.

De repente, el dolor del pasado atenazó el corazón de Logan. Había despreciado a Cici ciega y estúpidamente. Se había dicho que lo hacía por Jake, por su abuelo, por la familia. Incluso por Cici, que habría sido infeliz en su mundo rígido y conservador. Se había convencido de que había hecho lo correcto.

En aquella época había estado muy seguro de sí mismo. Pero ya no podía decir que se había comportado de forma honorable con los implicados. Logan cerró los ojos, se oprimió los párpados con los dedos e inspiró con fuerza.

–Siempre he confiado en que harías lo correcto –dijo su abuelo–. Solías cuidar de tu hermano como si fueras más mayor y sabio que él. Como confiaba en ti, cuando Jake se fue, lo desheredé y te entregué las riendas de Energía Claiborne. Y sí, ganaste una fortuna para la familia. Estaba orgulloso de ti. Entonces eso era lo único que me importaba.

–Y ahora…

–Tras nueve años sin noticias de Jake, ahora Cici me dice que le va bien. Dice que después de irse retomó los estudios, y que ha hecho cosas maravillosas en Florida y Nueva Orleans.

–Yo intenté contarte…

–Antes de que enfermara. Era un estúpido cabezota. No quería saber nada de sus éxitos porque me sentía culpable. Sé que intenté educarte para que fueras como yo, pero en eso también me equivoqué. No lo seas, chico. Si hay algo que he aprendido en este último mes, cuando me sentía débil, viejo e inútil, es que un nieto como Jake vale más que una fortuna. Nunca debí enfrentarte a él, ni desheredarlo por enfurecerse con nosotros. Y ahora… Cici ha convencido a Jake para que venga a mi fiesta de cumpleaños, y quiero recompensar su bondad dejando que viva en la casa de invitados.

–¿Has pensado alguna vez que quizá Jake ha triunfado porque lo salvé de Cici? Por como ha jugado contigo desde que volvió, empiezo a creer que no te equivocaste al juzgarla hace nueve años.

Cici dejó escapar un suave gemido y se levantó de un salto.

–No puedo escuchar esto –musitó–. Estaré fuera, Pierre. No malgastes tus fuerzas defendiéndome –fue a la puerta y salió.

–Es culpa mía que pienses que es tan rastrera como Bos. Pero te equivocas. Es una mujer sensible y de gran corazón, y ha triunfado en su carrera, aunque no haya sido demasiado lucrativa. Quiero ayudarla para compensarla un poco por lo que hice en el pasado.

Logan se preguntó si le habría lloriqueado a su abuelo por problemas económicos, aprovechando que él estaba débil y necesitado.

–¿Se te ha ocurrido pensar que tal vez te esté utilizando para vengarse de mí? ¿Por acostarme con ella y después rechazarla?

–Cici nunca haría eso.

–¿Ah, no?

Abe entró en el despacho antes de que Logan pudiera decir más.

–Si es mal momento... –empezó Abe.

–No –Pierre carraspeó–. Es perfecto –hizo una larga pausa–. Me alegra que hayas venido tan rápido, Abe. Estoy harto de descansar y relajarme en casa. Va a haber algunos cambios por aquí. Primero, vendré a la oficina dos días a la semana, empezando el lunes. Segundo, ocuparé mi antiguo despacho. La jovencita que me espera fuera ha contratado a un chófer para mí.

–*Grandpère*, ¿seguro que estás lo bastante fuerte? Ya es bastante malo que Cici te esté utilizando para vengarse de mí.

–Tercero –continuó su testarudo abuelo con el ceño fruncido–, quiero que redactes un contrato de alquiler blindado. De la casa de invitados que hay detrás de Belle Rose para la jovencita que está afuera. La señorita Bellefleur es amiga de la familia desde hace años. De hecho, es casi como una nieta. Necesitará un contrato de alquiler de un año.

–¿Un año? No hablas en serio, *Grandpère*.

Su abuelo lo ignoró otra vez.

–Verás, Abe, está escribiendo un libro titulado *Lores del bayou*.

Logan, apesadumbrado, miró su escritorio. Sin duda, él quedaría como la peor pesadilla de los defensores del medio ambiente. Los «verdes» volverían a manifestarse en contra suya.

—La casa de invitados es tranquila –continuó Pierre–. Dice que es el entorno perfecto para su investigación, sobre todo porque yo estoy allí para ayudarla. Ha ganado todo tipo de premios, así que será un honor acogerla, y un placer trabajar con ella. Tengo toda una biblioteca de libros históricos sobre el tema y puedo ponerla en contacto con la gente apropiada.

Logan tenía poder para vetar las decisiones de su abuelo, pero respetaba y quería demasiado al anciano para hacerle ese desprecio.

Afortunadamente, la tensa reunión con su abuelo no duró mucho más. En cuanto Cici condujo al anciano a su Miata, Hayes entró en el despacho con la excusa de que necesitaba su firma para algunos documentos legales.

—Dada tu expresión, está claro quién ha ganado el segundo asalto. Pero anímate. Sin duda, ha hecho milagros con tu abuelo. El viejo parecía fuerte como un toro cuando subía a su deportivo. No hay nada como una jovencita para revivir la sangre de un anciano, ¿no te parece?

Logan, sin razón aparente, deseó partirle la cara de un puñetazo.

—¿Por qué no mencionaste que es un bombón?

—No… no digas una palabra más. Y por muy bombón que sea, si sabes lo que te conviene, te mantendrás alejado de ella.

—Entiendo. Me habías engañado, ¿sabes? A mí y a todos. Creíamos que ibas en serio con Alicia.

—No entiendes nada. ¡Sí voy en serio con Alicia! –tronó Logan.

—Vale –pero los ojos de Hayes chispeaban y era obvio que intentaba controlar una sonrisa.

–Dijiste que la historia de Mitchell Butler podía tener algunos agujeros.

–Por ahora es sólo un presentimiento.

–¡Ay! –Cici experimentó una extraña sensación de añoranza cuando sintió un picotazo encima del codo. Dejó de llamar a la puerta de su tío para dar un manotazo a los dos mosquitos gigantescos que tenía en el brazo.

Cerró los ojos y escuchó. El coro de silbidos y gorjeos que llegaba del pantano le impedía oír nada dentro de la cabaña de su tío.

–Tío Bos, ¿por qué no abres la puerta? Sé que estás ahí. He estado en el bar y Tommy me dijo que te habías ido porque no te encontrabas bien. Me ha enviado con un plato de budín picante, justo como te gusta. Y Noonoon ha preparado una cazuela de guisado. Le hemos puesto cayena, cebolla, apio y pimiento.

Tomó aire y miró el montón de cestas de alambre para pescar cangrejos de río, trasmallos y salabres, que había apoyadas en los postes de madera de tres metros sobre los que se sustentaba la cabaña.

–Tío Bos, empiezo a sentirme ridícula gritando delante de la puerta.

Paseó la mirada por el *bayou*, con su vegetación oscura y lúgubre, por los viejos y desvencijados corrales de gallos y los arruinados estanques donde había ayudado a su tío a criar miles de tortuguitas que vendían como mascotas a niños de todo el país. Aparte de que en el muelle había una lancha fuera borda de aluminio, en vez de su piragua roja, todo seguía igual.

Bueno, tal vez el agua marrón se había acercado más a la casa; la tierra era un lujo que se iba esfumando en Louisiana, gracias a Logan y los de su calaña.

–De acuerdo. Si vas a ser tan testarudo, dejaré las cazuelas delante de la puerta y volveré por ellas después. Déjalas fuera cuando acabes de comer.

Lentamente, bajó la escalera y fue hacia el muelle para mirar los reflejos en el *bayou*. Había carteles de *Prohibido el paso* clavados en los troncos de todos los cipreses. Su tío siempre había sido un solitario. No era extraño que nunca se hubiera sentido cómoda con él.

Su tío Bos no la había querido allí. Ella tenía ocho años cuando sus padres murieron arrastrados por una masa de agua debida a la ruptura de una presa del Mississippi. Ella se había aferrado a una tabla que la arrastró hacia un árbol y había pasado horas agarrada a una de sus ramas.

Él no había querido acoger a una huérfana, pero era su único pariente y no confiaba en los orfanatos del estado, al menos para su sobrina.

No había entendido su fascinación por la lectura y las fotografías de las revistas. La consideraba vaga por escribir y extravagante por sacar tantas fotos. Él había dejado la escuela después de primaria, porque la educación le parecía una pérdida de tiempo. La vida real era pescar, cazar, tallar madera, beber, enfrentar a sus gallos de pelea con los de otros y hacer apuestas. Había ganado mucho dinero con esas peleas, antes de que las ilegalizaran.

No tenían nada en común, aparte de su amor mutuo por el cenagal. Ella procuraba mantenerse alejada de su camino. Lo malo era que a veces él desaparecía durante días, tal vez para asistir a peleas de gallos ilegales, o para beber, o para estar con una mujer. Nunca lo había sabido.

Odiaba estar sola, pero no se lo había dicho a nadie porque temía que las autoridades se la llevaran. Logan había intuido lo que ocurría, porque cuando su tío desaparecía enviaba a Noonoon o iba él mismo a echarle un vistazo y llevarle comida.

En aquella época, antes de que su tío Bos se enemistara con los Claiborne por culpa del bar y las peleas de gallos, había trabajado como jardinero a tiempo parcial en Belle Rose. A ella le había encantado ir a la plantación, seguir a los gemelos cuando iban de visita y escuchar a Noonoon, que solía dejarla ayudar en la cocina.

Todo en Belle Rose le había parecido tan bello y mágico como los sitios sobre los que leía en los libros. Tras el mortal accidente de coche de los padres de los gemelos, Pierre los había acogido. Él no desaparecía durante días sin decirles dónde iba; no se sentían solos y abandonados, como si no pertenecieran allí. Los llevaba de vacaciones y, a su regreso, ella los acosaba con preguntas sobre lo que habían visto y hecho.

Había añorado la estabilidad que había tenido con sus padres, pero ese mundo ya no existía. Un día, su tío la había llevado a su antiguo vecindario. Una casa nueva se alzaba donde había estado la suya. Tuvo la sensación de no haber vivido nunca allí, de que la vida con sus padres había sido borrada de un plumazo.

Belle Rose se convirtió en el símbolo del hogar, la

familia y la estabilidad que añoraba, pero que no creía poder volver a conseguir.

Cici se inclinó y miró su reflejo en el agua. Soltó una carcajada. ¡Su pelo parecía un pajar!

Conducir a casa de su tío con el coche descapotado había transformado sus rizos en un alocado peinado estilo princesa Leia. Parecía que le hubieran crecido dos pompones sobre las orejas. Sonrió al recordar el día que, después de ver una parte de *La guerra de las galaxias*, la nieta de Noonoon había querido disfrazarse de princesa Leia. Cici la había peinado y luego se había peinado ella también.

De repente, oyó un coche en el camino de gravilla. Se dio la vuelta y su sonrisa se esfumó al reconocer al hombre taciturno que aparcaba el Lexus plateado junto a su Miata.

Se preguntó qué hacía allí. Logan Claiborne era la última persona con la que quería hablar tras la humillante escena en su despacho, el día anterior. Además, su tío odiaba a los Claiborne.

Cuadró los hombros y fue hacia el hombre alto que vestía un traje negro y bajaba del coche con el ceño fruncido.

—¿No has visto los carteles? —le preguntó—. No eres bienvenido aquí, lo sabes. Tommy me dijo...

—Tommy puede irse al infierno —como siempre, los ojos azules se detuvieron demasiado tiempo en sus senos.

Llevaba una ajustada camiseta negra con *Pretty Woman*, estampado en el pecho, en rosa. Desde luego, no era una camiseta digna de una imitadora de la princesa Leia.

—Por lo que he oído, tú tampoco eres bienvenida aquí.

–Tu presencia me hará aún menos popular, pero eso no es asunto tuyo. He estado leyendo sobre la fusión Butler-Claiborne en la red. Un hombre rico e importante como tú, ¿no tendría que estar en Nueva Orleans? Tal vez podrías taladrar un poco más esta tierra que solíamos amar, creando canales para tus máquinas, destrozando el curso natural del agua y llenando las riberas de barro que ahoga la vegetación y el hábitat.

Él la miró con tanta intensidad que Cici se sonrojó. Cuando Logan sonrió de repente, se preguntó si era porque le hacía gracia su alocado peinado.

–Cici, ¿por qué has vuelto? ¿Qué quieres? ¿Por qué estás haciendo amistad con mi abuelo y molestándome?

–Lo de quién está molestando a quién, es discutible. Ésta también es mi casa, ¿sabes?

–¿Lo es? ¿Te quiso tu tío aquí alguna vez?

–Esa estrategia no te hará ganar puntos –tomó aire–. En cuanto a Pierre, me cae bien. Nuestra amistad ha surgido de la necesidad mutua.

–Pensé que habías huido para dejar atrás todo esto. Este lugar debe de parecerle aburrido a una mujer que ha vivido como tú.

–No, huí de ti. De cómo hiciste que me sintiera: usada y horrible, por si eso te satisface. Pero no tardé en descubrir que hay monstruos peores que tú. Y, por cierto, no sabes nada de cómo he vivido… aunque me imagino que crees que he llevado una vida alocada y libertina.

–¿Qué hará falta para conseguir que te vayas?

–Ya es hora de que entiendas que tengo tanto derecho como tú a estar aquí.

–Tu tío no quiere tu presencia más que antes. No

le veo abriendo su maldita puerta. Ni siquiera por el guiso de pescado de Noonoon.

–Lo hará. Es un cabezota –sus labios se curvaron–. Igual que mucha gente... que tú.

–Él y yo no nos parecemos en nada.

–Dices que no me quieres aquí. No creo que lo digas más en serio que él. Creo que te estoy liando la vida, quizás... quizás porque no sientes eso que intentas aparentar: indiferencia por mí.

Él dio un bote, como si lo hubiera abofeteado.

–Cállate –espetó, acercándose hacia ella.

–¿Por qué me besaste? ¿Y por qué miras mis labios como si quisieras hacerlo otra vez?

–Déjalo.

–No. Porque puede que yo, igual que tú, tampoco pueda dejar de sentir lo que siento.

–Yo puedo dejarlo, sin problemas.

–Ya –ella se rió–. Eres pura fuerza de voluntad. Seguro que te saltas el almuerzo para ir a correr al parque. Entonces, ¿por qué has dejado tu elegante despacho para venir a buscarme?

–He venido para negociar un acuerdo.

–No. Tú quieres lo que quieres. El problema es que tal vez yo también lo quiera. Y puede que por fin haya aprendido a perseguir lo que deseo.

Se oyó un graznido en el cenagal. Ambos se dieron la vuelta y vieron a una garza azul agitar las anchas alas grises y alzar el vuelo sobre el agua.

–¿Sabes lo que pienso, Logan? –dijo ella, volviendo a mirarlo–. Pienso que ambos sufrimos la misma fiebre. Si estás tan seguro de ser inmune a mí, bésame otra vez. Demuestra que me equivoco con respecto a ti. A nosotros.

–No existe un «nosotros».

–Entonces, demuéstralo, hombretón. Bésame.

Logan dio un paso hacia atrás, probablemente para buscar la seguridad de su coche. Cici agarró su corbata, tiró de ella y se situó entre sus brazos.

Él se enderezó, rígido. Durante un instante, ella creyó que la apartaría y se refugiaría en su coche. Pero se quedó parado, a punto de rendirse; notó la fuerza con que le latía el corazón.

–Bésame –se acercó aún más. Un segundo después sintió su aliento en la frente.

–No quiero volver a hacerte daño –susurró él–. No soy bueno para ti.

Esas palabras, casi mejores que una disculpa, suavizaron un poco lo peor de la ira y el dolor que Cici había albergado durante tantos años.

Lentamente, soltó su corbata y acarició su espeso pelo oscuro, alborotándolo un poco más. Luego tomó su rostro entre las manos y apoyó los labios en su cuello.

–Siempre me ha gustado tu pelo –dijo–. Es lo único de ti que siempre está hecho un desastre.

Él sonrió y un instante después atrapó sus labios con su dura boca que, igual que siempre, sabía dulce como la miel y quemaba como una llama. Se derritió contra él.

El beso fue distinto del anterior porque ninguno de ellos ofreció resistencia. Sus labios los unieron. Todo él la pertenecía de esa forma primitiva e irresistible, más salvaje y peligrosa que el cenagal.

Sin apartar su boca hambrienta, la rodeó con los brazos, atrapándola. Pero ella no tenía ningún deseo de escapar de sus besos ni de su posesivo abrazo. Como una tonta, igual que cuando era una niña ingenua, quería seguir en sus brazos para siempre y hacer todas las cosas prohibidas que habían hecho entonces. No cabía duda de que, cuando se trataba de Logan Claiborne, era boba.

Por desgracia, su tío Bos había estado espiándolos todo el tiempo. Dudando de su capacidad de resistirse a Logan Claiborne, Bos abrió la puerta y la llamó a gritos.

–Si has venido a visitarme, chica, estoy aquí arriba esperando. La puerta está abierta. Pero no lo estará mucho tiempo si no te libras de él. Si pierdes esta oportunidad, puede que la siguiente vez que me veas sea en un ataúd.

–Bueno –le dedicó a Logan una sonrisa triunfal–. ¿Ves?, él también me quiere. Y tal vez, sólo tal vez, acerté al decir que tú me quieres un poquito, ¿no?

Logan la apretó contra sí para que no le quedaran dudas sobre el tamaño de su erección.

–Puede que un poquito, pero ese maldito viejo ha sido tan inoportuno como siempre.

Con una risa temblorosa, ella alzó la mano y acarició sus sensuales labios, que aún ardían.

–Nos veremos –le dijo, con voz ronca.

–Cici, no quiero hacerte daño. Esto no va a funcionar.

«¿Por qué no? ¿Acaso porque salí de esta choza construida sobre pilotes que se hunden en el barro y tú procedes de la bellísima Belle Rose? ¿Es que nunca seré lo bastante buena para ti?», pensó ella. Pero no lo dijo. No estaba de humor para discutir o analizar la realidad. Se le ocurrirían formas mucho más atractivas de pasar el tiempo con Logan Claiborne.

–Tienes que irte –la pinchó él–. Nunca he considerado a tu tío Bos un hombre paciente.

Ella sonrió y él le devolvió la sonrisa.

—Tienes una boca preciosa —le dijo—. Montones de dientes rectos y blancos.

—Para comerte mejor —bromeó él.

—Chico malo.

Los ojos de él chispearon, bajando de su rostro hacia su camiseta. Le alzó la barbilla con un dedo y le dio un suave mordisco en la nariz.

—Chica mala —le devolvió el comentario.

—En eso tienes razón —se ahuecó los pompones de pelo y se dio la vuelta, ofreciéndole una buena perspectiva de su trasero. Consciente de que él la miraba, se alejó contoneando las caderas, sin volver la vista atrás ni decir adiós.

Él soltó una risita.

Era increíble lo bien que se llevaban cuando dejaban de hablar.

El interior de la cabaña de su tío estaba tan oscuro y húmedo como siempre, o quizá más. Imaginando todo tipo de hongos peligrosos, Cici anheló abrir todas las ventanas y limpiar cada superficie con un cepillo de raíces empapado en lejía o zumo de limón.

—¿También vas llamando a la puerta de Logan Claiborne? ¿Llevándole guisado? ¿Intentando conquistar su corazón ahora que vuelve a ser el soltero más codiciado de Louisiana? —exigió saber su tío Bos, pesaroso—. No es para ti, lo sabes.

Estaba sentado ante la mesa con expresión hosca, jugando con un cuchillo que había tallado de un diente de caimán. Tenía la camisa arremangada, dejando ver el comienzo de varios tatuajes de dragones, serpientes y arañas.

—No, se podría decir que él ha estado llamando a la mía —dijo Cici, poniendo el guiso a calentar.

Él dejó la botella de cerveza en la mesa, con un golpe violento, y abrió otra.

—Pues sería un error confiar en él. He oído decir que tiene una nueva y rica novia.

Ella tragó saliva, de repente se le había secado la garganta.

—Se llama Alicia Butler. Su padre es dueño de varios astilleros. Y de bancos también. La he visto con él en la televisión.

—Lo sé. Ya me ha hablado de ella —contestó Cici, evitando los ojos de su tío, demasiado observadores.

—Dicen que es tan bella, dulce y de clase alta como su primera esposa, Noelle, que era una mujercita preciosa.

Cici se dio la vuelta y tragó saliva de nuevo. Se sentía atrapada y deseó estar en cualquier sitio menos allí.

—Aunque no se puede decir que su esposa sonriera o pareciera feliz, las pocas veces que la vi —echó la silla hacia atrás y estiró las piernas.

—¿Cómo has estado, tío Bos?

—No puedo quejarme. Algo cansado desde la quimioterapia, pero los médicos dicen que acabaron con todo. Supongo que esos bastardos siempre dicen lo mismo.

—Tal vez digan la verdad.

—Tal vez —aceptó él, pesaroso—. Tommy y Noonoon me enseñaron todas esas fotos que sacaste. Puse un par en la pared.

—Sí, las he visto.

—Me gusta ésa del buitre que está a punto de comerse a esas niñas esqueléticas en el desierto.

—A mucha gente le gusta ésa.

A todos menos a ella. Había ganado un premio por la foto, pero había asolado sus sueños mucho tiempo, a pesar de que había conseguido salvar a las niñas. La foto siempre le recordaba que había demasiadas niñas a las que nadie salvaría.

—He dejado de hacer fotos por una temporada.

—Es una lástima. ¿Por qué dejarlo cuando se te da tan bien?

Porque la vida podía llegar a dar mucho miedo. No le apetecía contarle que le temblaban las manos con sólo mirar la funda de la cámara.

—Necesitaba un descanso, nada más.

—¿Y para qué has vuelto aquí? —preguntó él con voz arenosa, cargada de suspicacia. Volvió a escrutarla con mirada aguda y hostil.

—Estoy escribiendo otro libro sobre Louisiana.

—Eso no es lo que te he preguntado, chica, y lo sabes. Serías tonta si volvieras por él.

Al ver que también ignoraba eso, su voz se tornó cáustica.

—¿Cuánto tiempo vas a quedarte?

—Depende.

—Espero que no dependa de Claiborne. ¿No sabes que lo único que quiere de una chica de tu clase es hacer lo que hizo antes, meterse en tu cama y luego dejarte tirada?

—La gente cambia... a veces...

—No tanto. Y no él. Sé cómo son él y los de su ralea. Y nunca han sido amigos nuestros.

—Oye. Hace nueve años que no hablamos. Por favor, ¿no podríamos...?

—Vosotros dos no habéis cambiado mucho desde

entonces. Ya sé que te consideras una profesional porque escribes y sacaste fotos que te hicieron famosa un día o dos. Pero no fuiste a la universidad, como hizo él. Y fue a una de pago –rezongó–. Es rico, poderoso y conservador. Tú no. Él vive siguiendo unas reglas que tú nunca podrías aceptar.

–El guisado está listo –dijo ella, ignorándolo.

–No te culpo por no escucharme –dijo él, exasperado–. En el pasado, fueron demasiadas las veces en las que yo te ignoré a ti.

–No he venido aquí para discutir sobre Logan.

–¿Aún lo quieres?

Ella tragó saliva y no contestó. Pero sus ojos la taladraron y temió que viera la confusión interna que pretendía ocultarle.

–No lo amenaces ni le hagas daño para protegerme de mi estupidez –susurró.

–¡Así que ésas tenemos! –masculló él. Escupió hacia una esquina con expresión asqueada.

–Te equivocas. No lo quiero –se mordió el labio inferior y se calló. Él no le prometió comportarse. Pero al menos no hubo amenazas.

–Después de comer un poco, ¿quieres dar un paseo conmigo por el humedal? –dijo él tras un largo silencio–. Podrías ayudarme con unas trampas que quiero revisar antes de que anochezca.

Para su tío Bos, eso era lo que más podía acercarse a ofrecerle la pipa de la paz.

–Nada me gustaría más.

–Uno piensa cosas extrañas cuando enferma y se encuentra en la cama de un hospital –dijo él.

–¿Por ejemplo?

–Remordimientos. No fui un buen tío para ti.

–Me acogiste. ¿Qué habría sido de mí si no lo hubieras hecho? No tendría a nadie.

–Tal vez estarías mejor. No habrías conocido a Claiborne.

–Al menos, siempre has sido tan duro contigo como fuiste conmigo –hizo una pausa–. Para que lo sepas, me alegra que abrieras la puerta hoy.

–En aquella época estaba resentido con las mujeres. Pensaba que no necesitaba a una niña que fastidiara mi vida de soltero, por mala que fuera.

–Lo sé.

–Te iría mejor si te fueras de aquí, si nos dejaras a mí y a Claiborne para siempre.

–Probablemente. Pero tú y yo… no siempre hacemos lo que nos conviene, ¿no crees?

Capítulo Cinco

Cuando Logan llegó a Belle Rose y un aparcacoches corrió a abrirle la puerta a Alicia, no le sorprendió la multitud. Ni tampoco las luces parpadeantes que convertían el jardín en un paisaje de cuento de hadas. No lo asombró entrar en la mansión, con Alicia del brazo, y encontrarla llena de luces y sonidos de música pop de la zona, la favorita de Cici.

La señora Dillings llevaba toda la semana pagando extravagantes facturas de catering, floristas y haciendo anticipos a grupos musicales. Si él objetaba por el coste de algo, su abuelo le telefoneaba y exigía que dejara a Cici, que lo estaba pasando en grande, salirse con la suya.

Logan no había hecho sino perder terreno en todo lo referente a Cici, y seguía sin saber cuáles eran sus verdaderas intenciones. Parecía estar haciéndose la dueña de su abuelo y de Belle Rose, reescribiendo el pasado. Resumiendo, estaba conquistando territorios que habían sido de él.

Tenía la esperanza de que esa noche, de alguna manera, hiciera algo lo bastante irreverente para que *Grandpère* recuperase el sentido común y Logan pudiera volver a asumir el control de su abuelo y de su familia.

Condujo a Alicia, resplandeciente con un vestido

dorado, largo y sin espalda, al interior de la mansión. Ella se detuvo para admirar la escalera y las arañas de cristal, decoradas con rosas amarillas.

–Cariño, tu antiguo hogar es aún más encantador de lo que me imaginaba.

Él frunció el ceño, mirando los altos jarrones sobre repisas y mesas enceradas, rebosantes de rosas amarillas. Todo obra de Cici.

–Sí. Gracias a Cici –admitió.

–Una mujer con talento.

«Una mujer peligrosa», pensó él.

–Esto me recuerda a las fiestas que solía dar mi madre –dijo Logan. Irónicamente, intentando demostrar su valía, su madre la había destrozado.

Esas fiestas habían acabado bruscamente tras la muerte de sus padres, cuando los Claiborne se encontraron asolados por las deudas y al borde de la ruina, por culpa de ellos. Sin embargo, aún recordaba a Cici de niña, en la galería, mirando por la ventana asombrada, sus redondos ojos oscuros hambrientos del esplendor que veía.

Grandpère estaba en el salón recibiendo a los invitados, junto a una mesa llena de regalos. Una docena de mujeres mayores se habían sentado a su alrededor y competían por su atención. El anciano parecía estar en buena forma y pasándolo de maravilla. Cuando alzó la cabeza y vio a Logan, las comisuras de sus labios se alzaron con lo que parecía un principio de sonrisa.

Logan fue hacia él con Alicia.

–¿Quién es esta bella dama? –preguntó Pierre, con ojos chispeantes. Logan los presentó y la sonrisa de Pierre adquirió calidez. Tras unos minutos de charla, sonreía de oreja a oreja.

–Está disfrutando mucho de tu compañía. Desde que *Grandmère* murió, me temo que se ha sentido solo. Y más aún desde su apoplejía –le susurró Logan a Alicia un rato después–. Quédate con él y hazlo feliz unos minutos más mientras voy a buscarte una bebida, ¿quieres?

–Será un placer –replicó Alicia con voz queda–. Yo también estoy disfrutando. Te pareces a él, ¿lo sabías?

–¿Una copa de chardonnay, como siempre?

Ella asintió y él se dirigió hacia el bar que habían montado en el salón principal. El ruido que salía del salón de baile le llamó la atención.

Al oír la risa cristalina de Cici, unida a la voz de barítono de Jake, Logan giró en redondo y fue hacia allí. Pero cuando vio a Cici luciendo una túnica metalizada, con su voluptuoso cuerpo en brazos de Jake, Logan se quedó helado en el umbral. No podía apartar la mirada de su alto y musculoso hermano y de Cici. Observó cómo la pareja se movía al ritmo de la música.

Se preguntó si su imaginación lo engañaba, o si ella iba detrás de su hermano. Fuera cual fuera su intención, Logan, que hacía mucho que lamentaba su comportamiento con ella y con Jake, y que ansiaba reconciliarse con su gemelo, de repente sintió el deseo de estrangularlo.

–Curioso vestido –comentó un hombre.

–¿Me tomas el pelo? Tú y todos los hombres de la sala estáis mirando sus piernas –dijo una mujer.

Logan apretó los puños.

–Hace nueve años que se marchó.

–El nieto pródigo. ¿Qué le ha hecho volver?

–Sólo tienes que mirarla –dijo el hombre–. Es puro fuego.

—Tendrías que haber visto lo contento que se puso Pierre cuando llegó Jake. El viejo lloró. Y Jake también. Conmovedor.

«Diablos». La mirada airada de Logan pasó de Cici a su moreno y ancho hermano, que parecía demasiado duro y fuerte para llorar. Supuso que el sentimentalismo de su abuelo lo había afectado. O tal vez lo había afectado ver lo envejecido y frágil que estaba *Grandpère*.

De repente, Logan se preguntó si Cici estaría acertando con su abuelo. Era obvio que estaba encantado con su fiesta. Tal vez necesitara más independencia, responsabilidad y actividad, en vez de menos. Logan había pensado que necesitaba tranquilidad, reposo y atención médica, pero *Grandpère* actuaba como si estuviera harto de eso. En vez de retirarse a un complejo residencial con asistencia médica, parecía querer recuperar su vida activa y volver a la oficina. Logan no sabía si eso era conveniente.

—¿Te ha entrevistado para su libro? —le preguntó el hombre que estaba delante de Logan a su acompañante.

—Lo hará la semana que viene. Vendrá a almorzar. Y traerá a Pierre.

—También la acompañó cuando me entrevistó a mí. Es una mujer interesante y divertida.

—El viejo está loco por ella —dijo la mujer—. Y no me extraña. Ella presta atención. Escucha. Es entretenida. Es terrible que nadie preste atención a la gente mayor. El pobre no sabía qué hacer consigo mismo cuando el ataque de apoplejía lo obligó a retirarse. Estaba muy deprimido hasta que apareció ella.

Jake apretó más a Cici y la mirada risueña de ella

se clavó en Logan. Cuando sus ojos se encontraron, él se quedó sin aire de golpe.

«No estoy celoso», pensó. La música se detuvo y, por suerte, tuvo la presencia de ánimo suficiente para acordarse de Alicia. Iba a por su copa de vino cuando una mano pequeña y suave, con uñas rojo chillón, se posó en su brazo.

–Llegas tarde –le susurró Cici al oído. Su aliento era tan suave y caliente como sus dedos. Su rostro tan joven y abierto como cuando había sido una niña.

–Llovía en Nueva Orleans. Nos costó salir de la ciudad –se justificó él.

–Te he echado de menos. Y Pierre también.

–Eso no te ha impedido quemar la pista de baile con mi hermano.

–¿Celoso?

–Por supuesto que no.

–Sí lo estás –susurró ella, gentil, con ojos seductores–. Pero no hay motivo para ello.

–¿Qué?

–Te toca. Bailar conmigo. Pero sólo si quieres –de nuevo, sus ojos chispeantes lo incitaron.

–Tengo acompañante.

–¿Alicia? ¿La chica de la fusión?

–No salgo con ella por eso.

–Claro que no.

–La he dejado con *Grandpère*. Prometí llevarle una copa de vino. Tengo que irme.

–Seguro que tu abuelo está disfrutando de su compañía, y viceversa. Jake irá a ver cómo le va.

–Cici, no...

Pero ella ya había corrido hacia Jake y tiraba de la manga de su camisa. Su gemelo inclinó la cabeza hacia los rizos rubios de Cici, después miró por encima de ella, hacia Logan. La mirada de Jake se volvió tan dura y despectiva como justo antes de que le diera ese puñetazo y se fuera. Pero cuando Cici acabó de hablar con él, Jake, obediente, salió por la otra puerta, sin duda para evitarlo mientras iba en busca de Alicia.

Cici volvió y agarró su mano.

–Algo falla aquí –protestó Logan–. Tendría que ser yo quien fuera a ver cómo está Alicia.

–Confía en mí. Esto es una fiesta. Se supone que tenemos que alternar un poco. Ella ha venido para conocer a tu familia, ¿no? A Alicia le encantará Jake, te lo prometo. Es un buenazo. Ella también lo es.

–¿Cómo diablos sabes tanto sobre Alicia?

–Investigación. Soy periodista, no lo olvides –lo arrastró hacia la pista–. Además, ¿qué mal puede hacer un bailecito de nada?

«¿Qué mal puede hacer una manzanita de nada?», probablemente eso era lo que la serpiente le había dicho a Eva.

Bailaron. Incluso con tacones, ella apenas le llegaba a los hombros. Tal vez era su tamaño diminuto lo que hacía que sus ojos enmarcados por largas pestañas parecieran tan vulnerables.

Él se recordó que le gustaban las mujeres altas y elegantes. Mujeres que llevaban vestidos con estilo y sin espalda.

Pero Cici tenía un aspecto fresco y sano; el brillo de sus ojos hacía que pareciera joven y juguetona.

Logan tendría que estar buscando una manera de librarse de ella. Pero era difícil pensar cuando el roce de su cuerpo lo electrificaba. Y cuando se dejó llevar por la música, el placer de abrazarla y bailar le robó el último atisbo de cordura. Cuando acabó la primera canción, ella no lo soltó, así que siguieron bailando. Pieza tras pieza. No tardaron en convertirse en el centro de atención.

Cejas arqueadas y miradas curiosas. Pero a Logan le daba igual. En un momento dado, Jake intentó interrumpirlos, pero Logan lo ignoró.

Con cada baile, Logan apretaba más a Cici. Lenta e irrevocablemente, el voltaje entre ellos se hizo tan fuerte que cargó todos los átomos de su cuerpo. Ella tenía los ojos cerrados, la mejilla contra su hombro y el cuerpo fundido con el de él.

Cuando la música se detuvo, tras la cuarta canción, Logan estaba duro como una roca. Abrió los ojos y vio a Alicia, que llevaba un rato observándolos, apoyada en el hombro de Jake.

–Tengo que ir con Alicia –murmuró él, con voz ronca y carente de intención.

–Sí, deberías hacerlo –corroboró Cici, enredando un dedo en su pelo. Empezó otra canción y se meció contra él–. ¿Un baile más? –susurró, mientras Jake se daba la vuelta y salía de la sala, llevándose a Alicia con él.

–Lo siento. Tengo que volver con ella. No sé qué me ha ocurrido. Realmente pretendía… parar después de una canción.

–Yo también.

Logan le hizo una reverencia a Cici y fue en busca de Alicia, que sería fácil de localizar gracias a su deslumbrante vestido sin espalda. Pero no vio la esbelta espalda de Alicia ni los anchos hombros de Jake por ningún sitio.

Logan estaba en la puerta delantera, a punto de preguntar a los aparcacoches si habían visto a su hermano, cuando se abuelo se acercó cojeando, apoyado en su bastón.

–¿Has perdido a tu pareja?

–Ahora mismo iba a preguntar a los aparcacoches si la habían visto.

–Alicia no se encontraba muy bien, así que Jake la llevó a casa. Me pidió que te dijera que no te preocupases, que sólo era un dolor de cabeza.

–Gracias, *Grandpère*.

–¿Va todo bien?

–¡Veo al chico del cumpleaños! –gritó una mujer mayor, antes de que Logan pudiera contestar–. ¡Es hora de abrir tus regalos! –un montón de mujeres salieron a la galería, lo rodearon y lo llevaron adentro.

Logan llamó al móvil de Alicia pero ella, que siempre respondía al primer toque, al menos cuando la llamaba él, no contestó.

Su instinto le dijo que estaba evitándolo a propósito. No podía culparla. Él no había tenido intención de bailar con Cici más de una vez.

La neblina empezaba a elevarse desde la ciénaga, amenazando con extenderse y envolverlo todo, carretera incluida. Si iba a ir tras Alicia, lo inteligente sería hacerlo mientras aún hubiera algo de visibilidad. Pero, de pronto, le pareció ver que una luz se encendía en la casa de invitados.

Se preguntó si también había conseguido que Cici se alejara de la fiesta a la que había dedicado tanto esfuerzo. Dio un paso, y luego otro, en dirección a la casa de invitados.

Tenía que ir tras Alicia y asegurarse de que estaba bien, y lo haría, pero antes se despediría de Cici y la animaría a volver a la fiesta.

Un camarero se acercó con una bandeja de copas de champán. Logan tomó dos. Se las bebió de un trago y, con una sonrisa, las dejó en la bandeja. Después, teniendo cuidado de que nadie lo viera, retrocedió hacia las sombras y dejó la galería.

Una vez lejos de la casa y oculto por la niebla, corrió por el césped hacia la casa de invitados. Esa vez, tras subir la escalera, sin aliento, llamó a la puerta. Cuando no contestó de inmediato, en vez de entrar, se obligó a esperar.

–¡Sé que estás ahí! –gritó, golpeando la puerta con el puño, un rato después.

–Ya voy –dijo ella, por fin.

Pasaron varios minutos antes de que abriera la puerta. No lo miró. Agachó la cabeza para ponerse una camiseta negra.

–Una fiesta maravillosa –dijo él.

Ella llevaba la camiseta negra y vaqueros oscuros. Sólo había una lámpara encendida y la habitación estaba llena de sombras. La luz silueteaba su esbelta y sexy figura.

–Siento haberte creado problemas con tu cita –dijo ella, dándose la vuelta y metiéndose la camiseta en los vaqueros.

–Ha sido culpa mía –dijo él, incómodo.

Vio su vestido tirado en el suelo, destellando como si se burlara de él. Cici, de espaldas a él, estaba en cuclillas, mostrando su bello trasero, mientras revolvía entre un caos de zapatos.

Él sintió una ridícula oleada de calor. Tenía treinta y cinco años, no era un adolescente atenazado por la lujuria. Aun así, su corazón empezó a tronar lenta y dolorosamente.

Ignorándolo, ella se puso una zapatilla deportiva y siguió buscando su pareja.

–¿Qué diablos vas a hacer?

–Voy a sacar la piragua a la ciénaga.

–¿A esta hora de la noche? ¿Estás loca?

–¿A ti qué te parece?

–Se supone que eres la anfitriona de la fiesta de *Grandpère*.

–Se supone que soy muchas cosas –temblorosa, apartó unos zapatos–. Gracias a ti, necesito aire. Y espacio. A mansalva.

–No quiero que salgas sola. Es peligroso.

–¿Desde cuándo es asunto tuyo que yo corra o no peligro?

–Hay niebla baja. Podrías perderte.

–¿No es eso lo que quieres? ¿Que me vaya? ¡Pues mira qué bien! ¡Me voy!

–Podría ocurrir cualquier cosa.

–¿Y? Soy mayor. Puedo defenderme.

–Algún animal podría devorarte –era una exageración, sin duda. Pero…

–Oye. Si esto te asusta, no te hablaré de la vez que un piloto me dejó en una pista de arena junto al río Zambezi y mi contacto no apareció porque le habían dado un tiro y estaba en el quirófano. El avión se marchó y me quedé sola en la selva, oyendo los rugidos de los leones.

Empezó a reírse y se calló de repente.

–Perdona. Si estoy un poco histérica es porque tengo mucho más miedo de ti que del humedal en el que crecí. Tenías razón. No debería haber vuelto. Pero ahora que estoy aquí, tengo que dilucidar cómo enfrentarme a lo que estoy sintiendo. Pienso mejor en la ciénaga.

–Cici, he venido hasta aquí porque no quiero que mis actos te arruinen la fiesta.

–¿En serio? ¿Por eso? –se rió, pero sin ganas.

–No tendría que haber bailado…

–¿Crees que puedes mentirte a ti mismo, y a mí, eternamente? Me deseas, lo vi y lo sentí en la pista de baile. También lo siento ahora. Te preguntas si nos iría tan bien como en el pasado.

–¿Por qué siempre tienes que presionar?

–¿Presiono yo, o algo que ambos llevamos dentro?

Él le dio la espalda.

–Algo que se llama sexo –dijo ella–. Seamos honestos. Eres un hombre así que, naturalmente, quieres sexo. Y crees que esta noche no tendrás ninguna posibilidad con Alicia, que debe de estar enfadadísima con los dos, y no la culpo. Crees que sería más fácil conseguirlo de mí que de ella. Además, sería sexo sin ataduras, porque tú eres quien eres y yo soy quien soy. Y la ausencia de ataduras y lo raro tienta a la mayoría de los hombres… especialmente a los hipócritas, como tú, que son incapaces de admitir lo que sienten.

–No, escucha…

–¡Escucha tú! ¿Por qué no nos haces a los dos un favor y vas a buscar a tu mansa Alicia, que es tan perfecta para ti? Estoy segura de que está deseosa de creer cualquier mentira que le cuentes.

–Me da igual Alicia –susurró él, asombrándose por la verdad de la afirmación–. Te deseo a ti. No a ella. ¡Ya! Lo he admitido. ¿Contenta?

–Dirías cualquier cosa para…

–¡Te deseo! He intentado no hacerlo.

–¿Has intentado no hacerlo? –Cici se puso en pie,

ya calzada–. ¿Cómo crees que me hace sentir eso? Ya hemos pasado por esto. Hicimos a mucha gente infeliz, incluidos nosotros mismos.

–Yo creía que te gustaba vivir peligrosamente.

–Esta noche no. No contigo. Es cierto que en el pasado he corrido unos cuantos riesgos. Sobre todo porque era demasiado joven y tonta para saber lo que hacía. Como esa vez en Zimbabwe. Eso ocurrió justo después… después de que me abandonaras… y yo me fuera.

El increíble dolor que reflejaban sus ojos fue como una cuchillada para él.

–Pero esto es distinto. Tal vez esté harta de que me rompan el corazón. Tal vez ya sólo quiera escribir para un periódico local y llevar una vida simple y predecible con un tipo amable y aburrido que me quiera y sea dulce conmigo. Tal vez por fin me haya dado cuenta de que lo que quiero, «un felices para siempre» con un tipo aburrido, es imposible conseguirlo contigo.

Logan apoyó la espalda en la puerta. Ella le había ofrecido una salida. Tendría que aceptarla.

–Como dije antes, vete. Haznos un favor a los dos y abre tu corazón a la bonita, educada y rica Alicia. Te perdonará, no lo dudes –al ver que él seguía callado, se acercó–. ¡Maldito seas, vete!

Él la miró, intentando hacer acopio de voluntad para seguir su consejo. Pero no pudo.

La tensión creció en su interior hasta el punto de que temió que ella oyera los latidos de su corazón. Finalmente, cruzó la habitación y la tomó entre sus brazos. Ella se estremeció al sentir sus manos, transmitiéndole su calor y su pasión.

–Vete –susurró ella–. Me estás asustando.

–No solías tener miedo de nada.

–Ni siquiera de los leones hambrientos –se rió débilmente–. Es curioso, ahora valoro mi vida tanto que me da miedo tocar mi cámara, me das miedo tú... me da miedo sentir todo esto...

No parecía temerosa. Tenía las mejillas arreboladas y sus ojos brillaban. Era pura electricidad, seda y calor.

–Ahora me da miedo morir..., quizá porque tengo demasiadas ganas de vivir –admitió ella.

En la distancia, se oyó el bramido de apareo de un caimán macho.

–Bésame –ordenó él, con voz ronca.

Después, impaciente al ver que ella seguía paralizada, atrapó su boca e introdujo la lengua en su interior con una violencia que lo asustó más que a ella. Metió las manos bajo su camiseta y le desabrochó el sujetador.

–Sabes delicioso. A champán –dijo ella.

Él sabía que debería ir más lento, pero no podía. La abrazó y la apretó contra él.

–Dos copas. No pude resistirme –admitió. Respiraba entrecortadamente. Cada célula de su cuerpo deseaba poseerla, estaba perdiendo el control a toda velocidad.

Aparte de presionarla, lo que estaba haciendo seguramente estaba mal en una docena de aspectos. Pero cuando ella empezó a corresponder a sus besos, titubeante al principio, sus labios, dulces y ardientes, temblaron bajo los de él. Después, cuando se entregó por completo, él perdió toda capacidad de pensar y razonar.

Como si la asombrara el placer que sentía, ella dejó escapar un gritito de sobresalto.

Él la apretó más. Tenía que poseerla. Y se trataba de mucho más que una necesidad física.

«Al diablo con lo correcto, lo incorrecto y la cordura», pensó, mientras su necesidad seguía creciendo hasta consumirlo.

–¿Has traído un preservativo esta vez? –gimió ella, sonando tan frenética de pasión como él.

Capítulo Seis

Cici estaba comportándose como una estúpida, algo que odiaba porque siempre se arrepentía después. Logan Claiborne era el único hombre con quien no debería acostarse, porque tenía la llave de una parte de su ser que quería proteger.

Entonces, ¿por qué había comprobado que tenía preservativos? ¿Por qué estaba desnuda en su cama, con él encima? Acababan de empezar a hacer el amor pero ya, con cada caricia y cada beso, estaba desnudando su alma hasta tal punto que se sentía como si se estuviera desgajando en miles de pedazos que volaban por el aire.

No sabía si, después de que él acabara con ella esa noche, sería capaz de volver a sentirse entera.

La boca de Logan viajó de su garganta a su vientre, por encima de la cicatriz, deteniéndose y besándola con tanta ternura que ella sollozó.

Sin aliento, recordó el momento en que tuvo a su preciado hijo en los brazos. El hijo de ambos. Logan era el único ser humano al que había amado casi tanto como a esa criatura.

Sólo cuando los labios de Logan descendieron aún más, para encontrar el lugar más suave, secreto y sensual de su cuerpo, pudo dejar de pensar en el bebé perdido y respirar otra vez. Pero pronto, demasiado pronto, él volvió a agitar y desbocar sus emociones; se aferró a él temblorosa, pero él estaba en el mismo estado.

Húmeda y lista para él, incluso antes de que le abriera las piernas y la reclamara con su boca, enredó los dedos en su pelo para acercar su cabeza, gimiendo mientras su diestra lengua la lamía y succionaba una y otra vez, provocando oleada tras oleada de placer, recordándole sensaciones que no había sentido en años.

«Que no has querido sentir», rectificó mentalmente. Se mordió los labios y apretó los puños, intentando controlar su fiero placer. Pero no funcionó, era demasiado intenso.

Una Cici más joven e ingenua se había creído locamente enamorada de él en esa misma habitación. Había perdido ese sentimiento feliz y luminoso, con un inmenso coste para su alma, cuando él la desechó. Para salvar a su hermano, había dicho.

No quería volver a estar enamorada de él. Era demasiado frío y lógico. Demasiado cruel. Ya había demostrado una vez que era un hombre que siempre hacía lo que era mejor para él o para su familia.

Temía no tener más control de su dolorido corazón del que había tenido en aquella época. Tal vez la ira y el odio autodestructivo que la habían llevado a cortejar la muerte habían sido el lado oscuro de su amor por él. Quizás estuviera dispuesta a arriesgarlo todo para ser suya, a pagar cualquier precio por otra oportunidad.

Cuando su lengua se concentró en un punto concreto y empezó a trazar pequeños círculos, una serie de espasmos increíbles la dominaron. Abrió más las piernas y se arqueó contra su boca.

La casa de invitados era como un nido de oscuridad. Nueve años antes, en esa misma cama, había sido virgen. Volvió a recordarse que él la había utilizado para luego desecharla cruelmente.

Se preguntó qué haría él al día siguiente. Cuanto más la poseía Logan, con su boca y su lengua, mayor se hacía la espiral de pasión y también la de miedo ante sus propios sentimientos.

Le había dado a Logan un hijo de pelo tan oscuro como el suyo. Cuando los médicos le dijeron que había perdido a su bebé, pidió que lo pusieran en sus brazos. Tras el funeral, había enterrado el terrible secreto en el fondo de su corazón, con la intención de ocultarlo siempre.

Hasta esa noche, cuando Logan había entrado en el salón de baile y la había mirado, con unos ojos tan perdidos y oscuros como el alma destrozada de ella, se había creído incapaz de volver a amarlo y de compartir su pérdida con él. Pero las antiguas emociones empezaban a resurgir.

Él seguía acosándola con su lengua. Gimió mientras la pulsante excitación se incrementaba y se extendía como un incendio devorador, hasta que llegó la explosión final y fue totalmente suya.

Jadeando, cerró los ojos.

«¿Elegimos a quién amamos? ¿O son un regalo? ¿No ha poseído él mi alma desde siempre?», se preguntó.

–Llevo nueve años queriendo hacer esto de nuevo –susurró él–, saborearte, oírte gemir así. Darte placer.

Ella se rindió y entregó a su tierno abrazo, sin atreverse a creer lo que decía. Sólo era sexo.

–No digas cosas de las que ambos tendremos que arrepentirnos.

—Lo último que quiero es que te arrepientas de un segundo de esta noche –murmuró él, subiendo para colocarse sobre ella.

—No habrá arrepentimientos, lo prometo. Ya soy mayor –rodeó su cuello con los brazos y atrajo su boca.

—Fui idiota hace nueve años –dijo él.

—Yo también.

—Tú sólo fuiste ingenua, yo fui cruel. ¿Podrás perdonarme alguna vez?

—Eso depende de lo que hagas a continuación.

—No quiero volver a hacerte daño como entonces.

«Pues no me lo hagas», pensó ella, mientras él se ponía un preservativo. Cuando estuvo listo, besó sus labios con pasión.

Al sentir la presión de su miembro, abrió las piernas y él la penetró, con fuerza y hasta el fondo. Durante un largo momento, se limitó a abrazarla, inmóvil, y ella disfrutó de la sensación de estar unida a él.

«Estar con él es un placer inmenso, imposible con otra persona».

—Prometo no hacerte daño –susurró él.

Ella asintió, sin creerlo. Al fin y al cabo, ya había prometido esas cosas antes.

Él empezó a acariciarle el pelo y rozó sus labios, mejillas y cuello con la boca. Empezó a moverse lenta y rítmicamente. Ella gimió.

Se aferró a sus hombros y arqueó el cuerpo más y más, aceptando cada embestida. La pasión creció como una espiral y explotaron juntos.

Después, hundió el rostro en su hombro y se abrazó a él durante largo rato, deseando, más bien anhelando tener mucho más de lo que un hombre como él podía darle a una mujer como ella.

–¿Qué estás pensando? –preguntó él, apartándole el pelo de los ojos.

–El sexo hace que la gente, en especial las mujeres tan tontas como yo, haga auténticas locuras –dijo ella confusa y tímida por lo que sentía–. Podría escribir un libro sobre el tema.

–Por favor, no. No si vas a escribir sobre mí.

–Eres un timorato –soltó una risita–. Lo sabes, ¿no?

–Conservador.

–No en la cama –pasó los dedos por su cabello castaño oscuro. El mechón que había apartado, volvió a caer sobre su frente de inmediato; lo apartó de nuevo con una sonrisa–. Sólo después te pones tenso y reasumes tu auténtico yo.

–¿Mi auténtico yo? ¿Quién diablos es ése? ¿Alguien conoce a su auténtico yo? Pase años haciendo lo que mi abuelo me hizo creer que era lo mejor para la familia.

–Yo encontré al mío detrás de una cámara.

–Eres afortunada.

–O no. Vi demasiado dolor. Ya ni siquiera soy capaz de ver una cámara sin temblar.

–No has contestado a mi pregunta original –dijo él–. Sobre lo que estabas pensando.

–No lo sé. Me he olvidado.

–Entonces volveré a hacerte el amor, con la esperanza de que lo recuerdes.

–¿Y ésa será tu única razón? –lo provocó ella.

En cuanto empezó a besarla, la cálida humedad de su boca y su lengua le produjeron estremecimientos de excitación, tal vez porque la primera vez que habían hecho el amor había derrumbado todas sus defensas y estaba totalmente abierta a él. Igual que antes, la arrastró en una marea de pasión, llevándola al otro lado de la luna, a un lugar que sólo les pertenecía a ellos, donde se olvidaba de sí misma y habría podido susurrarle desesperadas palabras de amor al oído. Por suerte, en el último segundo recordó todo lo que les separaba y calló.

En el pasado la había herido, y ella había tardado años en superarlo. Aunque era más madura y sabia, no podía jurar que no volvería a ocurrir. Por muy cerca que se sintiera de amarlo, no se permitiría sucumbir.

–Nunca pensé que volvería a sentirme así –dijo él después, triunfal por haberla llevado a la cima del éxtasis nuevamente, aún dentro de ella.

Ella no podía pensar sintiéndolo en su interior. Se sentía demasiado cómoda, caliente y segura, y esos sentimientos no eran de fiar.

–Tendré que trabajar mucho para compensar la forma en que te traté, ¿verdad?

–Toda una vida no sería suficiente –contestó ella–. Entonces, ¿estamos de acuerdo en que estás en deuda conmigo?

–Sin duda –la apretó aún más–. Te compensaré. Te lo juro. Me da igual si tardo una vida entera.

Ella se libró de sus brazos con el corazón en un puño. No iba a permitirse esperar nada de él; había aprendido que la esperanza, no el miedo ni el dolor, era la más cruel de las emociones. Y los hombres como él decían cualquier cosa en la cama. La verdad llegaría por la mañana.

Él subió la sábana y volvió a envolverla en sus brazos. Ella pensó en el niño de pelo oscuro que habían perdido, ese niño del que él no sabía nada… aún.

Poco después, gracias al calor del cuerpo de Logan, y a su ternura, la imagen se disolvió. Por primera vez en años, se sintió casi segura, aunque sabía que no debía, no con él, nunca con él.

A pesar de todo, se sumió en un sueño profundo y reparador.

Logan se despertó primero, envuelto en el calor de una bella mujer, la mujer con la que no tendría que estar, y unas sábanas que olían a sexo. Alerta, a la luz del nuevo día, se quedó paralizado.

Fue un golpe sentir la cabeza de Cici apoyada en su hombro. Pero no tendría que haberlo sido. Se preguntó qué significaba la noche anterior.

Tal vez se había estado mintiendo a sí mismo con su empeño de echarla de allí. Al recordar la ternura con la que lo había abrazado después de hacer el amor, hizo una mueca. Era dulce, tan dulce como había sido de adolescente. Se preguntó qué quería y necesitaba ella. No había pensado en eso nunca.

Quizá sólo la había utilizado.

Ella se merecía algo mejor.

Cualquier mujer merecería algo mejor.

Incluso mientras recordaba su boca besándolo de arriba abajo, se dijo que ella no podía encajar en su vida. La noche anterior no había cambiado nada. Sin embargo…

Lentamente, intentando no despertarla, se apartó y colocó su cabeza sobre la almohada. Casi estaba al borde de la cama cuando ella se movió. Se giró para ponerse de cara a él. Con un suspiro de felicidad, deslizó los dedos por su brazo.

—Logan —susurró, somnolienta.

—Aquí estoy —dijo él, intentando resistirse a un súbito estallido de deseo y ternura.

Las largas pestañas se agitaron, mostrando unos ojos oscuros que resplandecían con esperanza y afecto excesivos.

—Pensé que te habrías ido hace horas.

Tendría que haberlo hecho. No supo qué decir. Sólo sabía que quería herirla lo menos posible.

—Estoy donde quiero estar.

—¿En serio?

No podía negar que estar en sus brazos había sido como estar en el paraíso. Con la firme intención de marcharse lo más rápido posible, bajó la sábana. No pudo evitar admirar su bello cuerpo y su increíble sonrisa. Arrugó la frente al ver la tenue cicatriz con forma de media luna que tenía en el vientre. Siguió la curva blanca con el dedo.

—¿Qué te pasó aquí? —preguntó.

Ella empezó a temblar. Lo miró, confusa y dolida, y sus ojos se anegaron en lágrimas. Le dio la espalda.

—¿Qué ocurre? —exigió saber él—. Tienes que decírmelo —puso las manos sobre sus hombros, con gentileza, y el temblor se incrementó.

—No importa —dijo ella, volviéndose de nuevo. Estaba pálida—. Al menos, no ahora, cuando seguramente tienes un millón de cosas que hacer.

Alarmado al verla tan afectada, la atrajo hacia él. Se sentía culpable y se preguntaba si era el causante del súbito torbellino emocional.

–Cuéntamelo –le pidió, olvidando todo lo que tenía que hacer en Nueva Orleans.

–Intenté contártelo... una vez... –pero el timbre del móvil de Logan la interrumpió.

–Sigue –dijo él, ignorándolo.

–Sería mejor que contestaras antes –dijo ella.

–Puede esperar.

–No. Contesta. En realidad no importa. Ya sabes lo fácil que es que una mujer se ponga emotiva. Tienes obligaciones que atender –se dio la vuelta de nuevo.

Él, sin ganas, abrió el teléfono y saludó. Mitchell Butler empezó a gritarle.

–¿Qué diablos le has hecho a mi hija?

–¿Qué le ocurre?

–Se trastorna si le hago una pregunta o menciono tu nombre, ¡no sé dónde está!

–Vale –dijo él, sintiéndose culpable mientras esperaba el resto de la retahíla.

–¡No! No vale, y hasta que descubra qué le has hecho, la fusión queda cancelada.

–Puedo explicarlo –dijo, sin saber si podría.

–Entonces vuelve a la ciudad y hazlo. Nos reuniremos –Mitchell colgó.

–¿Qué ocurre? –preguntó Cici–. ¿Era Alicia?

–Su padre. Ha cancelado la fusión. Tengo que llamar a Hayes.

Ella asintió, observándolo mientras marcaba el número de Hayes, que contestó de inmediato. Logan no se molestó en identificarse.

–Butler me ha llamado. Quiere una reunión.

–Lo sé. Hoy a la una en punto. Dice que la fusión queda suspendida. ¿Te importaría explicarme qué diablos ha ocurrido?

–Estaré en Nueva Orleans dentro de una hora. Te lo explicaré todo entonces.

–Debe de haber sido una fiesta de órdago. ¿Hizo canasta la señorita Bellefleur, o fuiste tú quien marcó gol?

–No contengas el aliento esperando una respuesta.

Logan cerró el teléfono y miró a Cici.

–Lo siento –masculló, sintiéndose mal por cómo había tratado a Alicia–. Será mejor que vuelva a Nueva Orleans y empiece a apagar los fuegos que he provocado.

–Claro –musitó Cici, con voz quebrada. Estaba blanca como el papel–. Prepararé café y tostadas para que no tengas que detenerte a desayunar de camino a casa.

–Ibas a contarme lo que te ocurrió a ti –dijo él, recogiendo sus pantalones del suelo.

–Ahora no, cuando tu mundo está rompiéndose en pedazos por mi causa y tienes tanta prisa –musitó ella, con tono triste y ausente.

–Pero quiero saber qué te ocurrió –insistió él.

–No importa. Como he dicho, es obvio que tienes problemas muy importantes esta mañana.

–Cici...

Ella, ignorándolo, abrió una lata de café.

Si no quería contárselo, no lo haría. Logan se dijo que tenía que respetar su decisión, al menos por el momento. Se vistió rápidamente; la camisa y los pantalones estaban tan arrugados que parecía que hubiera dormido vestido.

–Lo de anoche fue fantástico –dijo.

–Sí –Cici metió dos rebanadas en el tostador.

–Increíble –persistió él.

–Me alegra que lo veas así... si es cierto.

–¿Qué diablos se supone que significa eso?

–Significa que, pasara lo que pasara anoche, esta mañana… esas llamadas son tu realidad.

–No digas eso.

–Entonces dime que me equivoco.

Él ni siquiera podía mirarla, y mucho menos mentirle. Clavó la vista en la ventana, mientras el músculo de su barbilla se contraía, delatándolo.

–Mira, sabes que tengo que regresar a Nueva Orleans lo más rápido posible.

–Desde luego. Lo sé –le castañeaban los dientes y se arrebujó en la bata roja, concentrándose en el tostador. Tamborileó con las uñas en la encimera–. Maldición, ¿por qué es tan lento este cacharro?

–Es porque lo estás mirando –dijo él sonriente, para intentar disipar la palpable tensión.

Ella no alzó la vista del tostador. Era obvio que tenía mucha prisa por verlo marchar.

–¿Puedes dejar de preocuparte por mis tostadas? Puedo comer algo de camino.

–No me estoy preocupando por tus estúpidas tostadas. Ni por ti. Estoy pensando en mi fecha de entrega. No eres el único que tiene una vida, ¿sabes? Ya es hora de que empiece a escribir. Lo último que necesito es esta distracción.

–¿Eso es cuanto soy para ti, una distracción?

–Puedo tener esa esperanza, ¿no? –musitó ella.

–Yo también.

Cuando las tostadas saltaron, ella dio un bote. Apretó los puños y tomó aire antes de agarrarlas y ponerlas en un plato.

–Entonces, ¿cuanto antes me vaya, más feliz estarás? –preguntó él.

–¿Es eso lo que quieres que diga? ¿Qué otra opción tengo? –su voz y su mirada eran amargas–. Tú tienes tu mundo de fusiones y riqueza. Yo tengo el mío. Hace nueve años no entendía bien esas realidades. Ahora sí. Lo de anoche fue fantástico. Pero se acabó. Así que vete. Eres libre. Sin ataduras.

La mujer que se había retorcido en sus brazos con abandono, la Cici de los ojos brillantes, había desaparecido. En su lugar había una mujer muy despeinada, de rostro ceniciento y ojos hinchados y mortecinos. Una vez más, la había herido.

Obviamente, la conclusión de Cici era acertada, pero por alguna ridícula e ilógica razón, eso no le hizo nada feliz. Odiaba causarle dolor.

–Come –le ordenó ella con gentileza–. Después, vete. Por el bien de ambos. Ah, y cierra la puerta al salir.

–Entonces, ¿estás diciendo que lo de anoche fue un error?

Ella iba de camino hacia el cuarto de baño, pero al oír la pregunta, se paró y se dio la vuelta.

–No parecías muy feliz cuando me desperté, así que para ti... creo que sí lo fue. Por eso te estoy diciendo que no vuelvas a llamar a mi puerta. A no ser que...

–A no ser que ¿qué?

Cici fijó sus cálidos ojos en su rostro y le sostuvo la mirada un largo e intenso momento.

–Eres listo. Averígualo tú.

Él quería cruzar la habitación y abrazarla. Quería apretarla contra su cuerpo y no soltarla nunca. Quería quedarse, tomar café y charlar con ella durante horas. Lo que era ridículo.

En vez de todo eso, tragó saliva. Ella tenía razón. Habían disfrutado de una noche de sexo. Nada más. Se encogió de hombros y se dio la vuelta. Tensó el cuerpo y salió por la puerta.

Pero con cada paso que daba, alejándose de ella, le pesaban más las piernas. Y también el corazón. Quería escuchar todo lo que había hecho los años que había pasado lejos de allí.

La fusión en la que tanto había trabajado estaba a punto de irse a pique y él sólo podía pensar en los sentimientos heridos de Cici y en el enorme peso que supondría enfrentarse a una vida sin ella. Se preguntó qué diablos le estaba pasando.

Capítulo Siete

Se acercaba una borrasca desde Texas. La grisácea mañana encajaba con el humor de Logan, que estaba ante una de las nuevas casas de Jake, hablando con el agente inmobiliario de éste.

«Cici». Mientras Logan conducía de vuelta a Nueva Orleans, no había dejado de verla con su bata roja, el cabello revuelto alrededor del rostro y los ojos brillantes de desolación y esperanza. Aun así le había parecido bellísima.

Y mientras se alejaba de ella, su cuerpo había reaccionado de forma visceral. El nudo que le atenazaba el pecho había ido estrechándose con cada kilómetro, hasta que tuvo la sensación de que le apretaban el corazón con unas tenazas. Odiaba cómo se habían despedido.

Había deseado, más que nada, dar la vuelta y pisar el acelerador a fondo. No entendía que le pareciera una locura dejarla, cuando la auténtica locura era anhelar estar con ella. Era incapaz de concentrarse en el asunto de la fusión.

—Gracias por su ayuda —dijo Logan en voz alta, intentando sonar normal. Le dio al agente inmobiliario de Jake una tarjeta—. Si ve a mi hermano, dígale que llame a cualquiera de estos teléfonos. El señor Mitchell Butler quiere asegurarse de que su hija está bien, y creemos que la última persona que estuvo con ella fue Jake.

–Entonces estará sana y salva –afirmó el hombre–. Jake es el hombre más fiable del mundo entero. Pero usted ya lo sabrá, es su gemelo.

–Exacto –asintió Logan. La puerta se cerró y Logan se quedó solo en el porche de una de las casas recién construidas por Jake y sus inversores, en la zona nueve.

Era una casa elegante y moderna. Tenía paneles solares en el tejado, así como una claraboya de huida, por si se producía otra inundación. La primera planta se encontraba más de dos metros por encima del nivel del mar, cumpliendo con creces la normativa.

Logan se apoyó en la barandilla. Tenía treinta minutos para llegar a la reunión de emergencia convocada por Mitchell Butler, y no tenía ninguna nueva que darle.

Aun así, se tomó unos minutos para estudiar la media docena de casas que había en construcción. Sin duda, Jake había triunfado. No sólo era rico; estaba contribuyendo a crear una diferencia. Todas sus casas eran modernas, asequibles, ecológicas, bien diseñadas y bien construidas.

Aparte del proyecto de Jake y unos pocos parecidos, no se había progresado lo suficiente en la reconstrucción de ese tipo de vecindarios tras los huracanes. Sólo quedaban campos vacíos, carreteras derruidas y alguna que otra casa rodante de la vital comunidad que se inundó cuando una leva cercana se había roto unos años antes.

Logan se obligó a pensar en Alicia. No la culpaba por no contestar al teléfono, pero si no conseguía dar con ella, no podría tranquilizar a Mitchell antes de la reunión.

Logan ya había pasado por el edificio en el que vivía Alicia. El portero le había dicho que había llegado temprano esa mañana, con un hombre que se parecía mucho a Logan, y que poco después habían vuelto a salir llevando una bolsa de viaje.

—Él tenía el brazo sobre sus hombros. Parecía estar consolándola. Hasta hace un momento, he creído que el hombre era usted.

Logan marcó el número del móvil de Alicia pero, mientras sonaba, la imagen de Cici desnuda en la cama asaltó su mente.

Mientras dedicaba la mañana a buscar a Alicia y a Jake, Cici había dominado sus pensamientos. Recordaba su sabor y la caricia de sus labios suaves y húmedos cuando se había arrodillado ante él para darle placer. Tenía una erección cada vez que lo pensaba, y no dejaba de hacerlo.

La noche anterior había sido maravillosa. Todo había sido fantástico hasta que se había despertado y vuelto a la cruda realidad. Sin embargo, no llevaba cinco minutos lejos de ella cuando deseó dar la vuelta y regresar para tranquilizarla.

Él tenía su propia vida, aunque en ese momento fuera un caos. No podía permitirse tener sentimientos por Cici Bellefleur. Pero no podía negar la posibilidad de que ya los tuviera.

Mientras iba hacia su Lexus, volvió a saltar el buzón de voz de Alicia. Obviamente, no quería ser encontrada. Al menos por él. Nadie la culparía por ello. Estaba metiendo la llave en el contacto cuando su teléfono sonó.

–Mitchell acaba de entrar –dijo Hayes–. Más te vale venir volando.

–Llega temprano. Son las doce y media. La reunión no es hasta la una.

–Está aquí. Dice que tú llegas tarde. Que la reunión, supuestamente, tenía que empezar ya.

–Siempre cree que las reuniones tienen que empezar cuando aparece él. Está siendo poco razonable, como es habitual.

–No creo que tenga muy buena opinión de ti esta mañana. ¿Podría decirme alguien, por favor, qué diablos está ocurriendo?

–Mitchell cree que he hecho daño a Alicia.

–¿Se lo hiciste?

–No a propósito. Alicia no quiere hablar conmigo, así que no sé qué le ocurre exactamente.

–¿Está la señorita Bellefleur involucrada en algo de esto?

–No quiero hablar de ella.

–Vale. Así que está involucrada. Eso no es bueno –hizo una pausa–. Mitchell acaba de decirme que tiene otra oferta, una muy atractiva, de J.L. Brown. ¿Qué implicaciones tiene eso para nuestra fusión?

–Será mejor que se lo preguntes a Mitchell.

La puerta de la tienda se cerró a espaldas de Cici con un alegre tintineo de campanitas. Sus emociones habían sido tal caos desde que Logan se marchó, que no había podido ni pensar, y menos concentrarse en su libro. Así que había ido al pueblo a hacer un recado para Noonoon y sacar un libro de la biblioteca para Pierre. En ese momento, tras ver el vestido azul en el escaparate, estaba comprando para entretenerse.

Había estado desesperada por alejarse del teléfono. A pesar de haberle dicho lo contrario a Logan, anhelaba su llamada. Si no la hubiera telefoneado medio mundo para felicitarla por la fabulosa fiesta, tal vez no lo habría notado tanto. Pero cada vez que sonaba el teléfono, casi enloquecía deseando que fuera él.

Ojalá pudiera dejar de pensar en él y de desear que hubiera actuado de otra forma esa mañana.

«Idiota. Sabías la clase de hombre que era».

–¿Puedo ayudarla? –preguntó una dependienta de edad avanzada, con una sonrisa.

–Me ha llamado la atención el vestido del escaparate. El azul con la falda de vuelo.

–¿Ese bonito vestido de verano?

–Me preguntaba si lo tenía en mi talla.

–Talla treinta y ocho, ¿verdad, cielo?

–¿Cómo lo ha sabido?

Cici miró un sujetador de encaje rojo con tanga a juego.

–Sexy, ¿verdad? Ideal para ganarse a un hombre –la mujer sonrió con añoranza–. Yo gastaba una treinta y ocho, y debajo me ponía lencería atrevida… pero de eso hace muchos años.

La mujer, con paso ágil, fue hasta un expositor que había al fondo de la tienda y encontró el vestido azul en la talla de Cici.

Poco después, Cici se miraba en un largo espejo. Hizo un giro y se imaginó los ojos de Logan cuando la viera con ese vestido. Se preguntó si lo aprobaría, si era lo bastante recatado.

Dos voces distintas batallaban en su cabeza.

«Olvídalo. Está en Nueva Orleans con la rica y perfecta Alicia», dijo una.

«Eso no lo sabes con certeza», replicó la otra.

«Es casi seguro. Es bella y tiene una fortuna. La fusión está en juego. No puedes competir con ella. Ni con su vida real», insistió la primera.

El corpiño se ajustaba a los senos de Cici y hacía que su cintura pareciera diminuta. La falda azul revoloteaba alrededor de sus piernas y caderas cada vez que daba un paso.

«Anoche no se fue detrás de Alicia».

El vestido era sexy, pero también elegante y conservador. No de su estilo, pero sexy al menos.

–Cenicienta –dijo la vendedora–. Con ese vestido parece Cenicienta. Sin los zapatos de cristal.

Cici se preguntó si sería una señal. Cenicienta había conseguido casarse con su príncipe.

–Me lo llevo –dijo–. Ahora quiero probarme el sujetador y el tanga de encaje rojo.

–Tengo otro par de vestidos que también le quedarían fantásticos. ¿Quiere verlos?

Esa tarde, de vuelta en la casa de invitados, Cici, poseedora de tres vestidos recatados, se quitó el esmalte de las uñas y se recogió el pelo en la nuca con un lazo azul. Se puso su nuevo vestido azul y se examinó en el espejo.

Satisfecha con su aspecto de doncella, que creía más acorde con el gusto de Logan, agarró su maletín y su ordenador portátil y se encaminó a la biblioteca de Belle Rose, donde iba a iniciar la recopilación de datos para su libro.

«Un vestido y un peinado no cambiarán nada», la

pinchó la vocecita. «Sigues siendo quien eres, una chica de la ciénaga».

Ignoró la voz y empezó a sacar libros relacionados con el tema del suyo, aunque no le apetecía leerlos. Noonoon le dijo a Pierre que estaba allí. Él bajó y se sentó en el sofá a leer el libro que había recogido en el pueblo para él.

Mientras ella se forzaba a trabajar, él sesteaba y leía de forma intermitente. Merendaron té y galletas juntos. Lo cierto era que Cici sólo se concentraba a medias; estaba esperando que sonara el teléfono y Logan le dijera que la echaba de menos tanto como ella a él.

Una locura. Sólo había sido sexo. Nada más.

La primera vez que su teléfono sonó, corrió a contestar. Pero sólo era su tío Bos, para decirle que tenía un mal día y si podría pasar después a ocuparse del bar si él seguía estando tan cansado. Su tío nunca se quejaba, así que debía de estar fatal. Por supuesto, Cici accedió.

Fue hacia la ventana. Miró el cielo gris y se dijo que tenía que dejar de pensar en la noche anterior y en lo bien que se había sentido en brazos de Logan. Eso se había acabado. Era obvio que no había significado nada para él; por tanto, tampoco podía significarlo para ella.

Una hora después trabajaba febrilmente, tomando notas para no pensar en Logan. El teléfono sonó de nuevo. Esa vez era su agente.

—¿Qué te parecería escribir un reportaje sobre los bombardeos en Egipto, cerca de las pirámides? Siempre has dicho que querías ver las pirámides. Sería tu oportunidad, y además un reportaje... Eso si estás lista para volver a usar la cámara.

Una parte de ella quería huir de lo sucedido la noche anterior y de lo que temía sentir por Logan. Un mes tras de su cámara, muy lejos de allí, centrándose en los problemas de otra gente, sería ideal para olvidar su estúpido comportamiento.

–Tengo una fecha de entrega –contestó. Por supuesto, como cualquier idiota enamorada y autodestructiva, estaba demasiado centrada en el objeto de su tormento para plantearse dejarlo.

–¿Y si te consiguiera un aplazamiento? Creo que este proyecto merecería la pena –su agente nombró la generosa cifra que pagarían por el reportaje–. ¿Puedes permitirte rechazarlo?

«No puedes. Se trata de tu carrera. Seguramente Logan está con Alicia ahora mismo. Por una vez, haz lo inteligente. Vuelve a tu cámara. Olvídalo. Corre. No te arriesgues a que esto se te vaya de las manos».

Cici recordó la noche que había tenido en brazos al hijo de ambos, en la estéril habitación de hospital. Tenía la piel fina y apergaminada, pero suave. Parecía frágil y roto. Se había sentido el ser más solitario del universo cuando se despidió dándole un beso en la frente.

Le convenía huir. Si no tenía cuidado, Logan volvería a herirla, incluso más que la primera vez.

Agotado, Logan estaba tras su escritorio, repleto de docenas de documentos que ni él ni Mitchell firmarían. A pesar de las largas horas de negociación, la fusión había fracasado.

Un año de trabajo, esperanzas y sueños se habían truncado. Igual que su futuro con Alicia.

Se pasó la mano por el pelo. Curiosamente, estaba demasiado cansado para preocuparse. Tal vez al día siguiente la pérdida lo golpeara, tal vez no. Llevaba todo el día sintiéndose distinto, libre del yugo de su ambición. Las cosas que le habían importado más que nada, ya no lo ataban.

Alguien llamó a la puerta exterior de su despacho, y oyó a la señora Dillings saludar a alguien con voz demasiado risueña para ser domingo, y tan tarde. Era una mujer asombrosa.

–Es tu hermano –le informó por el intercomunicador, con voz serena, como si la reaparición de Jake en Energía Claiborne en un momento tan desastroso, tras una ausencia de nueve años, fuera de lo más natural.

Logan, olvidando la fusión, se puso en pie, corrió a la puerta y abrió. Se tensó al ver la mirada dura de su hermano, pero sólo un segundo.

–No irás a pegarme esta vez, ¿verdad? –preguntó Logan, sonriente.

Jake le tendió la mano y Logan se la estrechó fuertemente, sin dudarlo.

–Bienvenido a casa. Ha pasado mucho tiempo.

–Demasiado tiempo –admitió Jake–. ¿Qué puedo decir? Los Claiborne somos unos cabezotas. Incapaces de perdonar.

–Es genético –dijo Logan–. Lo que hice fue altanero y estaba totalmente fuera de lugar.

–Como poco. Aun así, me distancié demasiado tiempo. Supongo que nos parecemos al viejo.

–En cualquier caso, siento haber manipulado tu vida. La de Cici.

–Eh, supongo que yo tendría que haber estado acostumbrado. Pero ¿qué me dices de Cici? –la sonrisa de Jake se desvaneció–. Después de veros bailar, no puedo evitar preguntarme si ella también te ha perdonado.

–Aún no, pero quizá me esfuerce para que lo haga –Logan hizo una pausa–. ¿Quieres sentarte?

–Otro día. Esto sólo me llevará un momento –Jake sonreía, pero parecía tenso.

Logan cerró la puerta.

–En gran medida, he venido porque sé que estuviste llamando a Alicia anoche, y también esta mañana –titubeó–. Estaba con ella cuando lo hiciste. Sé que no te ha devuelto las llamadas.

–¿Está bien?

–Sí. Pero dice que lo vuestro se ha terminado o, más bien, que nunca existió. Quería saber si es verdad.

–Si ella lo dice… –Logan tomó aire.

–¿Qué dices tú? ¿Te importaría que empezara a salir con otra persona?

–Supongo que te refieres a ti.

–No quiere nada conmigo. Dice que es demasiado pronto. Y que soy el último hombre con el que saldría, porque le recuerdo mucho a ti.

–Lo siento. Me temo que me porté mal con ella en la fiesta.

–Le expliqué lo de Cici y tú.

–Tendría que habérselo explicado yo, pero estaba en medio de todo el asunto y ni siquiera yo lo entendía demasiado bien.

–Nunca lo hiciste. Querías a Cici, pero eras demasiado cabezota, o arrogante, para admitirlo.

–Le deseo a Alicia todo lo mejor. Se lo dirás si la ves o hablas con ella antes que yo, ¿verdad?

–De momento, tampoco contesta a mis llamadas

–admitió Jake. Luego pasó a un tema más seguro: la salud de su abuelo. Charlaron diez minutos y se separaron con un apretón de manos.

Logan, antes de salir del despacho, pensó que tardarían en recuperar el vínculo emocional de otros tiempos, tras tantos años de separación. Pero al menos habían dado el primer paso.

Cici estaba cenando un sándwich en la cocina, mientras veía las noticias en la televisión. La interrupción de la fusión entre Astilleros Butler y Energía Claiborne era titular en todos los canales.

Agarraba el bolso para dirigirse al Bar T-Bos, cuando sonó su móvil.

–Quiero verte –dijo Logan, con voz tan profunda y grave, que ella absorbió su energía.

–He visto la noticia sobre la fusión. Parece que has tenido un día duro. Lo siento.

–¿Estás ocupada esta noche?

–¿Qué soy yo? ¿Tu premio de consolación?

–Diablos, no lo sé.

–¿Qué clase de respuesta es ésa?

–¿Qué clase de pregunta es ésa?

Ella llevaba todo el día pensando en sus besos y en cómo habían hecho el amor, hasta sentirse marcada como su propiedad. Él ni siquiera sabía por qué la estaba llamando.

–Estaba saliendo cuando has llamado –dijo.

–No puedo dejar de pensar en ti.

–¿Y qué? –a ella le pasaba lo mismo–. Es difícil acabar con los malos hábitos.

–Cici…

—¿Cómo está Alicia?
—No he hablado con ella.
—¿Por qué?
—Porque se niega a hablar conmigo, por eso. Pero se podría decir que me envió un mensaje a través de un amigo. Lo nuestro se acabó.
—Ah, y tú te sientes solo y vulnerable en consecuencia. Por eso me llamas a mí. Y yo, como una boba, contesto. ¿Crees que me pondré a tu disposición otra vez?
—No. No es eso.
—Claro, no vas a admitirlo. Eres un hombre. Lo de anoche te excitó. Si se trata de sexo... de que te apetece y crees que lo conseguirás de mí... ahora que no puedes obtenerlo de tu elegante novia... y nada más...
—Cici, de verdad quiero verte. Olvida a Alicia. Como he dicho, eso se acabó.
—Mira, no me has llamado en todo el día. Así que ahora es algo tarde, ¿vale?
—He pensado en ti todo el día... todo el maldito día. ¿Eso cuenta?
—¿Por qué iba a importarte?
—¡Pensé en ti hasta el punto de que estoy harto de hacerlo! No pude llamar porque estaba batallando con Mitchell Butler y sus irrazonables exigencias. Que eran muchas. Después he estado reunido con la junta directiva, evaluando los perjuicios que implicará el fracaso de la fusión.
—Pobrecito multimillonario. Bueno, pues no puedo verte. Esta noche no. He hecho otros planes. Mi tío está enfermo y he prometido echarle una mano.
—¿Mañana entonces?
—Mañana tampoco.

–¿Por qué?
–Tengo una vida, ¿sabes? Y tú también, como has demostrado claramente esta mañana. Y también tengo mi plazo de entrega. Tendrías que darme las gracias. Te estoy dejando libre. Intento ser lista y lógica para variar. Y no me resulta fácil.
–Cici…
–¡Adiós!
Le colgó el teléfono. Cuando sonó de nuevo y vio en la pantalla que era él, se apoyó en la encimera con los puños cerrados. Estaba hecha un lío, por un lado anhelaba verlo, pero la aterrorizaba pensar adónde conduciría eso.

Había pasado todo el día enferma de anhelo por él, y al final había llamado. Pero nada había cambiado. La quería por el sexo y ella temía estar ya demasiado involucrada para resistirse.

Era mejor parar ya, si aún podía.

Pasaron al menos diez minutos hasta que se recompuso lo suficiente para entrar al cuarto de baño y echarse agua fría en la cara. Tras comprobar que tenía un aspecto horrible, se retocó el maquillaje. Luego bajó la escalera con la cabeza bien alta.

Nadie en T-Bos podía enterarse de que esa noche tenía el corazón roto. Y menos por culpa de Logan Claiborne. Pensarían que era tonta, y probablemente lo fuera.

Capítulo Ocho

Logan aparcó junto al Miata de Cici que estaba, por supuesto, rodeado por al menos treinta motocicletas. Recorrió con la mirada las cobras, serpientes de cascabel y llamas rojas que decoraban varias de las motos y apagó el motor. No tenía muchas ganas de salir del Lexus y enfrentarse a esos moteros del infierno.

Bajó del coche y subió los escalones de dos en dos. Empujó la tosca puerta de madera sin pintar. Sonaba rock duro a todo volumen. Justo cuando iba a entrar, la manaza de un motero se lanzó hacia él entre densas nubes de humo de cigarrillo.

–No tan deprisa –ladró Tommy.

–Hola, Tommy –Logan sonrió–. ¿Está Cici?

–¿Qué te importa eso a ti? –bramó él–. ¿Qué diablos te hace creer que tienes derecho a poner un pie aquí dentro, Claiborne?

Logan miró los ojos azules, inyectados en sangre, del gorila de T-Bos. Una docena de miembros de la banda de Tommy, sentados alrededor de mesas sucias o apoyados en la barra, dejaron sus cervezas y lo miraron con fiereza.

El humo era tan espeso que Logan no reconoció a ninguno. La iluminación del Bar T-Bos, se limitaba a los destellos de los letreros de neón que anunciaban cervezas, las ristras de luces de colores sobre la barra, los televisores que había en cada rincón, y unos pocos focos en el techo. Probablemente fuera mejor así.

—¿Dónde está Cici? —repitió Logan.

Dos moteros apartaron sus sillas, se levantaron y estiraron los brazos antes de cruzarlos, con aire amenazador, sobre sus anchos pechos.

—¿Qué asunto tienes tú con Cici? —exigió saber Tommy.

—Llamé a Bos y él me dijo que estaba aquí.

—¿Has hablado con Bos? —Tommy se relajó visiblemente.

—Me envió aquí.

—Pues a mí no me lo ha dicho.

—Llámalo y pregunta. ¿Por qué no lo haces?

—Porque a Bos no le gusta que lo moleste cuando no se encuentra bien, por eso.

Cuando las peleas de gallos eran legales, el abuelo de Logan había presionado a T-Bos para que cerrara el local de peleas de gallos. Desde que la nueva legislación lo había obligado a hacerlo y él había seguido exigiendo que cerrara también el bar, los Claiborne no habían sido populares entre Bos y su clientela.

—Cici está en la parte de atrás —dijo Tommy por fin, apretando los dientes amarillentos—. Más te vale no haber mentido al decir que Bos te envió —se encogió de hombros y desapareció. Sus amigotes volvieron a sentarse. Logan oyó a Tommy llamar a Cici a gritos.

Empezó a sonar una canción más estruendosa que la anterior. Los focos parpadeaban a su ritmo.

Menos de un minuto después, apareció Cici luciendo un bonito vestido azul, que Logan no había visto nunca; parecía un ángel. Llevaba una bandeja de botellas de cerveza, que alzaba por encima de su cabeza.

Logan apartó una silla y sorteó a los hoscos moteros para acercarse a ella. Se sentía avergonzado y nervioso con tantas miradas fijas en él. Ella lo miró y bajó la bandeja.

–Estás loco… por venir aquí –le dijo–. A Tommy no le caes muy bien.

–Tenía que verte. No tiene sentido, pero es lo que hay. Tenía que verte. Desde que regresaste, nada en mi vida tiene sentido.

–Que tú… que estés aquí… eso sí que no tiene sentido –sonrió, tentativa.

–Hoy te he echado de menos –dijo él.

–Ya lo dijiste por teléfono. ¿por qué habría de creerte? –una sonrisa suavizó su expresión.

Él vio una cierta mirada de bienvenida en sus ojos. Tal vez fuera efecto de los focos, pero un hombre podía tener esperanza; cabía la posibilidad de que fuera él quien había provocado esa expresión suave y radiante en su rostro.

La sangre le hervía de deseo por ella, junto con alguna otra emoción. Las miradas de los moteros le estaban taladrando agujeros en la espalda. Tendría que haberse sentido avergonzado, o quizá asustado, pero no le importaba lo que pensaran.

Agarró su mano y la atrajo hacia sí. Era fantástico volver a verla tras tantas horas de separación. Todo lo que lo había mantenido ocupado ese día, Mitchell, Hayes, Alicia, Jake, la fusión, parecía carecer de importancia. Una locura más.

Aunque estaba oscuro, detectó que sus mejillas enrojecían justo cuando él sentía una oleada de calor similar. Entrelazó los dedos con los de ella y se llevó su mano a los labios. Luego sujetó esos dedos contra su mejilla unos momentos. Se sentía bien, de maravilla, estando con ella.

–¿A qué hora acabas de trabajar? –preguntó por fin, soltándola.

–Dentro de dos horas.

–¿Te ayudo? Puedo fregar vasos. Servir mesas.

–No. Mantente alejado de estos tipos. Acerca un taburete a la barra y evita los problemas. No hables. Ni siquiera mires en su dirección.

–Eso es muy poca cosa.

–Si conseguimos salir sin que te hayas metido en una pelea, me basta. No eres muy popular por aquí.

–Mientras te alegres de que esté aquí…

–No voy a hacerte promesas, Claiborne.

–Me parece justo –dijo él.

Cuando Cici salió del bar del brazo de Logan, el corazón le latía a toda velocidad.

–¿Qué quieres hacer ahora? –preguntó ella, cuando estuvieron ante sus coches.

–Primero, besarnos. Sólo una vez.

–¿Aquí? Nada de eso. Tenemos que largarnos.

–Aquí –susurró él, cortante.

Inclinó el rostro bronceado hacia el de ella. Sus ojos azules llameaban. Después su boca rozó la suya con tanta ternura e inocencia como la primera vez, años antes, cuando le hizo comprender que era a él a quien quería, no a Jake. Su cuerpo apenas la tocó. Pero ella sintió su calor y deseó más.

—¿Podemos ir a charlar a algún sitio? —preguntó, tras apartarse de ella.

A Cici le costó concentrarse después del beso. Estaba muy cerca de ella, deliciosamente cálido. Pero no podía permitirse confiar en él.

—Podríamos ir a Belle Rose. Preparar café y luego conducir hasta Nueva Orleans —sugirió él.

—Mira, ha sido un día muy largo. Apuesto a que estás tan cansado como yo. Creo que sería mejor que pasaras la noche en Belle Rose. No conmigo. En el ala que hay frente a la de tu abuelo, al otro lado del vestíbulo. Deberías desayunar con él. Prestarle atención.

—De acuerdo, si permites que te siga a casa para comprobar que llegas bien.

—Supongo que eso puedo permitirlo.

Él le abrió la puerta del coche y ella subió.

—Me alegra que vinieras esta noche. Quería verte de nuevo. Ya me conoces... la chica salvaje de la ciénaga, la de la vena autodestructiva.

—Cici, quiero que esta vez sea diferente.

—No estoy segura de querer... «esta vez» —dijo ella—. No sé si podría volver a confiar en ti.

—No te culpo por sentirte así. Sólo puedo decir que desde anoche... no soy el mismo.

—Claro, perdiste la fusión y a tu novia. Así que te sientes un poco vulnerable.

Él iba a discutir, pero ella lo silenció poniendo un dedo sobre sus labios.

—Anímate. Esto pasará. Pronto volverás a ser el tiburón ambicioso de siempre. Te lo prometo.

—Tal vez eso ya no sea suficiente para mí.

—¿Una noche de sexo conmigo y eres un hombre

distinto? Perdóname si no acabo de creerme al nuevo y reformado Logan Claiborne. Sé que soy buena en la cama, pero no hago milagros –riendo, arrancó el motor–. Será mejor que subas a tu coche. Vas a tener que conducir bastante rápido para alcanzarme.

Salió del aparcamiento como una exhalación.

El aroma a café recién hecho y tostadas llenaba la cocina de techos altos, que en otros tiempos se había utilizado para preparar la comida que después se cocinaba en los hornos de ladrillo que había en el exterior.

A través de las dobles puertas, Cici, apoyada en una larga mesa, contemplando el bonito comedor, bebía café y comía tostadas. Por un momento, la habitación llena de reluciente cristal y plata, le pareció tan fantástica como cuando era niña y miraba por la ventana, desde fuera.

–Belle Rose siempre fue un sitio mágico para mí –dijo–. Solía encantarme ayudar a Noonoon a cocinar. Pero, sobre todo, me gustaba que me contara historias sobre Jake y sobre ti.

–En aquella época estabas loca por Jake.

–Sí que me gustó durante años y años. Era aventurero e indomable. Hacía cosas como perseguir caimanes para atraer la atención de una chica. Tú eras muy serio.

–Quieres decir aburrido.

–No.

–Sí. Era aburrido porque *Grandpère* siempre estaba echándome en cara a mis padres. Además, un gemelo tenía que prestar atención a los negocios. Yo nací diez minutos antes y, por tanto, era el hermano responsable y mayor.

Ella se rió. Logan abrió la nevera.

–Hay restos de crema de cangrejo de río, arroz, batatas y un poco de guiso de pescado. ¿Te apetece algo, aparte del pan tostado?

–No, estoy bien.

–Hice mal al interponerme entre Jake y tú aquel último verano –murmuró él, ronco, cerrando la nevera–. Mal al justificar mis acciones diciendo que estaba salvando a Jake de ti. Mal al aceptar sin más lo que mi abuelo tenía en contra tuya.

–¿Por fin estás pidiendo disculpas?

–Aunque no valgan de nada, sí. Pero decir que lo siento no cambiará el pasado.

–En eso tienes razón. Pero no estaríamos aquí ahora si no me hubieras seducido entonces –Cici se calló, no quería decir más.

–Y no habríamos tenido lo de anoche –dijo él.

–¿Qué quieres decir?

–Que no me arrepiento de lo de anoche.

–¿Aunque te haya costado perder la fusión… y a Alicia?

–Sí. No me arrepiento.

–Eso es mucho decir –inspiró con fuerza.

–Pero ¿me crees?

–Es demasiado pronto para saberlo. Te mantendré informado.

–Cici…

–¿Qué?

–Nada. Cómete la tostada –Logan se sonrojó como si sintiera timidez estando con ella.

–¿Te ha comido la lengua el gato? –se rió ella.

–¿A qué viene ese nuevo estilo? –inquirió él–. ¿El cabello recogido y el vestido recatado?

–Puede que anoche también me cambiara a mí. Aunque no tan profundamente como alegas tú. Pero, sinceramente, admito que estaba pensando en ti cuando compré este vestido, pensando que tal vez debería intentar corregir mi imagen.

–Cici, yo no te pido que cambies. Por mí, puedes ir estilo princesa Laia, si quieres.

–¿Quién ha dicho que el cambio era para complacerte a ti?

–Nadie, pero me gusta el vestido. Aunque no importe.

–Creo que me iré a la casa de invitados ya –sonrió y dejó la taza vacía en el fregadero–. Necesito mis horas de sueño de belleza.

–¿Te gustaría ir a bailar antes? –preguntó él–. A Rousseau, por ejemplo. No está lejos. Y no tenemos que quedarnos mucho tiempo –sonreía y sus ojos brillaban. Cici estaba cansada y debía ser prudente. Pero la prudencia no era lo suyo.

–No me importaría bailar un poco –aceptó ella–. Pero sólo si vamos en mi coche… y dejas que conduzca yo… con la capota bajada.

–Me gusta una mujer que asume el mando de vez en cuando –dijo él.

–Ni se te ocurra intentar darme instrucciones de copiloto.

Él puso un brazo sobre sus hombros y, sonriente, la condujo a la galería y luego a su Miata. Después se detuvo y escribió una nota a su abuelo, informándolo de que se había encontrado con Cici y que iban a bailar un rato. Dejó la nota en la cocina y volvió al coche.

–Abróchate el cinturón –dijo ella, bajando la capota y sentándose al volante.

Condujo deprisa, tal vez para asustarlo o tal vez porque siempre conducía así. Él no se inmutó. Mientras recorrían la húmeda oscuridad, él le contó que durante años su vida se había limitado a los negocios. Le dijo que dirigir Energía Claiborne suponía tal reto que llegaba a trabajar hasta setenta y dos horas a la semana.

–Supongo que pensé que tenía que trabajar así porque mi padre había fallado a *Grandpère*, y tal vez porque Jake se había ido por mi culpa. Creo que pensaba que tenía mucho que compensar.

–O tal vez eras sencillamente ambicioso.

–Tal vez.

La plantas petroquímicas que había junto al río iluminaban la oscuridad de vez en cuando, con las chimeneas soltando un humo horrible. Pero en otras zonas, la ribera estaba densamente poblada de árboles. Pasaron junto a un grupo de sauces que se mecían en la brisa.

La luna estaba alta y dorada, pero ella no le prestó atención. Estaba demasiado concentrada en la carretera y en escucharlo a él. Cuando vio el cartel de Rousseau, la sala de baile que había sido muy popular desde los años treinta, situada en un pedazo de tierra que se hundía junto al *bayou*, se desvió y aparcó.

–Estuviste casado –comentó ella, cuando se sentaron ante una mesa de picnic en el porche exterior al salón de baile–. Ni siquiera alguien tan ambicioso como tú trabajaría todo el tiempo.

–Lo hacía. Nunca estaba en casa.

—Seguro que ella lo entendía –mintió Cici, buscando más información sobre su matrimonio.

Logan pidió cerveza, colas de cangrejo y una salchicha picante. Ella se preguntó cómo un hombre podía comer tanto y seguir tan en forma.

—Eso me decía yo… entonces –aceptó él.

—Tengo que confesar que he leído mucho sobre Noelle y tú a lo largo de los años. Devoraba las fotos de las revistas en las que aparecías ante vuestra mansión de estilo italiano. Incluso cuando estaba en el extranjero, me mantenía al día gracias a Internet. Sentía curiosidad por cómo vivían los glamurosos Claiborne. Sobre cómo vivías tú.

—Los artículos de revistas son tan falsos como las fotos que aparecen en sus portadas. Dejan mucho sin decir.

—Tu vida con Noelle sonaba a cuento de hadas –dijo ella, volviendo a lo que la interesaba.

—Sí. Se esperaba que lo fuera. Éramos muy admirados –su voz se tiñó de dolor–. En aquella época me importaba mucho la imagen.

—Y ya no…, después de una noche en mi cama.

—Eso ya lo has dicho antes. No te hagas de menos –la miró a los ojos–. Siempre he sabido conseguir lo que quiero, y entonces anhelaba el éxito –titubeó–. Pero, como dicen, hay que tener cuidado con lo que se desea. Hasta el éxito puede ser peligroso.

Ella podría contarle un par de cosas sobre el peligro. Como el de esa noche. Se preguntó qué hacía allí con él, si escucharlo, creerlo, o buscar la forma de perdonarlo.

—¿Por qué viniste a buscarme esta noche?

—¿Aparte de porque seas una diosa sexual?

Ella se rió.

–Lo eres, ¿lo sabías? Eres espectacular. Y no sólo en la cama –extendió el brazo y cubrió su mano con los dedos.

Un cálido cosquilleo recorrió el cuerpo de Cici con el contacto.

–Cici, hoy he recibido muchas llamadas de agradecimiento por la fantástica fiesta que organicé para mi abuelo. Por lo visto, disfrutó como nunca. Te agradezco que lo hicieras tan feliz.

–No puedo asumir toda la gloria. Tú lo pagaste todo. Y le has permitido volver a la oficina.

–Me demostraste que no me estaba ocupando de él... igual que no me ocupé de Noelle. Y es más que útil en la oficina. Sabe mucho sobre el pasado de la empresa y es muy sagaz. Espero, gracias a ti, ocuparme mejor de él en el futuro.

–¿Desayunando con él por la mañana?

–Por ejemplo.

–Te quiere mucho –sonrió ella.

–Yo también lo quiero. Se lo debo todo.

–Es gracioso, lo fácil que es, a veces, olvidar a quienes amamos.

–No tan gracioso –apretó su mano y luego se la llevó a los labios. Le besó la punta de los dedos–. He tratado mal a la gente a la que he querido. Ya es hora de que deje de hacerlo.

–Ya sabes lo que dicen sobre las buenas intenciones, Claiborne.

–Si tú puedes ponerte ese recatado vestido azul, tal vez yo también pueda renovar un poco mi plumaje.

–No es tan fácil, ya lo sabes.

–Olvidas lo cabezota que puedo llegar a ser cuando quiero algo.

Llegó la comida y la cerveza, él apartó la mano. Cici pidió galletitas saladas. Durante un rato, comieron y bebieron sin hablar. Después él le pidió que salieran a bailar.

La rodeó con sus brazos y la atrajo hacia sí, murmurándole lindezas al oído mientras se deslizaban por la pista. Esa noche nadie podía impedirles que bailaran juntos cuanto quisieran, así que lo hicieron durante casi una hora. Ella estaba sin aliento cuando la condujo de vuelta a la mesa.

–Es tarde y estoy muy cansada –dijo ella–. ¿Te importaría llevarme a casa?

–¿Te fías de que conduzca tu coche?

–Sí, pero es lo único de lo que me fiaré.

–De momento –casi ronroneó él.

Capítulo Nueve

Era una cálida mañana primaveral, el agua salpicaba en una fuente cercana y las abejas zumbaban sobre las flores de azalea.

Logan estaba siendo el caballero perfecto, aunque Cici aún no estuviera dispuesta a confiar en él. Sin embargo, estaba disfrutando de su compañía y de la de Pierre más de lo que habría deseado, mientras bebía café de achicoria y comía huevos revueltos y salchicha picante en el ancho porche.

Una chica de la ciénaga podría acostumbrarse a la buena vida. Sí, se sentía cómoda con ellos en el elegante entorno, mientras el anciano obtenía de su nieto cada detalle de la fusión fracasada.

–Es un contratiempo temporal –dijo Pierre–. Un reto. Mitchell cambiará de opinión.

–No lo creo y, la verdad... no estoy seguro de que... –la súbita sonrisa de Logan mostró sus dientes blancos y rectos. Por debajo de la mesa, estaba dándole golpecitos a Cici en la pierna.

–Ya lo verás. En mi opinión, Mitchell parecía demasiado ansioso por romper el trato –murmuró Pierre. Se volvió hacia Cici–. Te estamos aburriendo.

–En absoluto –murmuró ella, sonrojándose y alejando la pierna del alcance de Logan.

–Aun así, insisto en que hablemos de la fantástica

fiesta que me organizaste. Lo pasé en grande. Vi a amigos a los que hacía meses que no veía –Pierre le dio una palmadita en la mano.

–Me alegro –dijo ella.

–Yo también –corroboró Logan.

Después de desayunar, Logan la acompañó a la biblioteca antes de volver a la ciudad.

–Lo haces feliz y eso me alegra –dijo–. Pero, egoístamente, me gustaría poder disfrutar de tu compañía un tiempo. En Nueva Orleans tengo biblioteca, y es tan buena como ésta.

–Me encantaría verla alguna vez –murmuró ella con descuido, alzando un libro de la mesa.

–¿Por qué no hoy? –le quitó el libro, lo cerró y lo dejó en la mesa–. Cici, creo que ya he perdido suficiente tiempo… porque fui un tonto.

–Fuiste mucho peor que eso.

–Tienes razón. Y lo siento. Y, seguramente, ahora voy demasiado rápido pero, como he dicho, soy egoísta. Me gustaría que vinieras conmigo esta mañana. He pasado toda la noche despierto, pensando en eso. Necesitamos conocernos mejor.

–Crecí aquí, acuérdate. Te he conocido casi toda mi vida.

–Me refiero a conocernos como adultos. Tengo una casa enorme. Podrías alojarte allí… escribir en mi biblioteca. Yo estaría fuera todo el día, pero por la noche podríamos salir juntos, hablar, bailar. Ver hacia dónde se dirige lo que hay entre nosotros.

–Mejor no. Mi tío está aquí. Estoy instalada…

–¿Por qué no? Aunque sólo sean un par de días. ¿Y si te prometo no tocarte?

–Eso sería de lo más aburrido.

–No te burles de mí. Estoy sugiriendo un cortejo a la antigua.

–Perdona si se me escapa algo, pero que yo sepa, los cortejos a la antigua no consistían en que las jovencitas que ya habían pasado la noche en brazos de un hombre, se fueran a vivir con él.

–Bueno, entonces será un cortejo a la antigua con un giro moderno. ¿Qué dices, Cici?

–Seguramente opinas que es una proposición atractiva para una chica de la ciénaga como yo.

–Te suplico que no te burles de mí.

–Eso es más difícil de lo que crees.

–¿Vendrás?

–No debería.

Era casi mediodía cuando Cici siguió al Lexus de Logan por el estrecho camino que llevaba a su casa en el Garden District. Alzó la vista y contempló la mansión de estilo italiano de tres plantas y doble galería, iluminada por la dorada luz del sol que se filtraba entre los árboles.

–Bueno, ¿qué te parece? –preguntó él sonriente, al ver su asombro.

–Tu casa de la ciudad es tan impresionante y mágica como Belle Rose.

–Confiaba en que te gustaría. Y recuerda, no te he traído aquí por cuestiones de sexo.

–¿En serio? –lo pinchó ella, alzando las cejas–. Pero... un hombre que pretende impresionar a una chica con sus riquezas, ¿rechazaría el sexo si ella se lo ofreciera?

–Esa chica tendría cuidado en no tentar su suerte.

Al menos con un hombre cuyo carácter distó de ser perfecto en el pasado. La casa tiene seis dormitorios. Puedes elegir el que quieras.

–¿Incluido el tuyo?

–Ése también. Repito: tú eliges. Pero he pensado que quizá deberíamos ir más despacio.

–Es una lástima –con una sonrisa, lo siguió a la galería inferior de la fabulosa mansión.

Tras una noche de pasión había ido a buscarla, alegando ser un hombre nuevo. La había llevado a su casa, diciendo que quería cortejarla formalmente. Seguramente eran tonterías... aunque él pareciera infantilmente sincero.

El interior de la mansión era tan formal y clásico como su exterior.

–Es preciosa, ya me imaginaba que lo sería –exclamó ella.

–Mi madre restauró esta casa y también Belle Rose. Tenía un gusto impecable y no escatimó en gastos. Podría haberse limitado a restaurar, pero además, compró muebles originales y retratos de época, y los mezcló con antigüedades que elegía cuidadosamente.

–¿Tienes tiempo para hacerme una visita guiada de la casa antes de irte a la oficina?

–De acuerdo. Para empezar, la casa se construyó en 1860, justo antes de la Guerra Civil. Me imagino que Noonoon te contó que nuestra familia pertenecía a la nobleza que abandonó Francia durante la Revolución francesa, sin más que lo puesto y las joyas que cosieron a los bolsillos. Gracias a sus títulos, los hijos se casaron con miembros de las familias más ricas de Louisiana. Así que los matrimonios ventajosos siempre han sido parte de la cultura familiar.

–No me extraña que tu abuelo no quisiera a una chica como yo para uno de sus nietos.

–Los tiempos cambian. Pero en aquella época, nuestra ambiciosa familia compró plantaciones con sus joyas. Al casarse bien, prosperaron. Después, una de mis encantadoras antepasadas criollas, Françoise, se casó con Able Claiborne, un rico americano, que le compró esta casa como regalo de bodas.

–Una chica afortunada.

–¿Y si te dijera que él conservó a la amante mulata que había tenido antes de casarse?

–Vaya. En aquella época un hombre se permitía hacer una buena boda y, además, mantenía a la mujer a quien amaba de verdad.

–A veces. En cualquier caso, Françoise no disfrutó mucho tiempo de su luna de miel aquí. Los yanquis ocuparon la casa durante la guerra. Cuando la recuperó descubrió, con horror, que habían quemado sus muebles como leña y que había huellas de cascos de caballo en el suelo del salón de baile y en las escaleras. Por supuesto, esas mismas huellas ahora tienen mucho valor.

–Yo creía que todo eso era un cliché –se rió Cici.

La condujo hacia la escalera y le enseñó las marcas de cascos. Después le explicó que la escalera curva ascendía pasando junto a enormes ventanales y puertas que se abrían a una placita posterior. Sobre la escalera, el techo mostraba magníficas molduras de escayola y una vidriera redonda en el centro.

Subieron y le mostró los seis dormitorios. El último y más espléndido, era el de él, con una enorme cama con dosel.

–¿Qué cama vas a elegir como tuya? –preguntó él

de repente, mientras ella contemplaba la colcha de satén rojo.

Sobresaltada, se dio la vuelta. Él le pareció más alto y ancho, enorme. O quizá fuera su sonrisa burlona lo que hizo que se sintiera tan vulnerable.

–Creo… creo que el que hay al final del pasillo –contestó, atropelladamente.

–¿El que está más lejos del mío?

–¡Exacto! Has dicho que querías un cortejo a la antigua.

La sonrisa de él se amplió. Ella tomó aire.

–Relájate. Subiré tus bolsas antes de irme a la oficina. La cocina está bien provista. Si necesitas algo y no lo encuentras, sea lo que sea, no dudes en llamarme –sacó una tarjeta con sus números de teléfono y rodeó con un círculo el del móvil. Luego le dio un casto beso en la mejilla.

–No me has enseñado la biblioteca –susurró ella; se le había acelerado el pulso por el beso.

–Ah, eso –respondió él.

–Al fin y al cabo, fue tu biblioteca lo que me tentó a aceptar tu invitación.

–¿No yo?

–No, sin duda fue tu biblioteca.

–Ya te advertí que no me pincharas –murmuró él con voz grave–. Ahora tendré que demostrarte por qué –agarró su mano y la atrajo hacia sí.

–¿Qué estás haciendo?

–Aceptar tu reto –la abrazó. Ella dejó escapar un gritito antes de que su boca la atrapara.

El beso fue tan tierno y reverente que Cici imaginó promesas que él nunca había hecho, y que ella no se atrevía a creer. De repente, volvió a sentir el júbilo que había sentido cuando era una ingenua adolescente de dieciocho años, esa misma esperanza de que llegara a quererla de verdad. Se rindió sin reservas a la exploración de su lengua.

Se colgó de su cuello con deseo. Pero, lentamente, recuperó la cordura. Recordó que una mujer de su edad tenía que ser inteligente con los hombres ricos y sofisticados como él. Tomó aire y empujó su pecho para apartarlo. Él no se resistió.

—Subiré tus bolsas —dijo. Ella oyó sus pasos bajando las escaleras.

En el bonito dormitorio, anheló otro beso y también todo aquello que le habían robado a los ocho años, y que él había vuelto a robarle después: amor, seguridad, familia, la sensación de ser parte de alguien, de algo, para siempre.

Poco después lo oyó abajo, de vuelta con sus bolsas. Lo último que necesitaba era que la descubriera aún en su dormitorio, obnubilada por su beso y perdida en fantasías románticas.

Bajó la escalera para explorar la biblioteca mientras él subía el equipaje a la habitación.

Saber que Cici estaba en su casa, esperándolo, hacía que a Logan le costara concentrarse. La llamó dos veces. Cuando ella le dijo que estaba interrumpiéndola en su trabajo, la llamó de nuevo y se burló de ella por contestar. Colgó e, inmediatamente, llamó a una floristería para pedir que le enviaran un ramo de flores.

Estaba a punto de volver a llamarla, cuando Hayes entró al despacho.

–Buenas noticias –dijo, con los ojos negros tan expresivos como su voz–. Al menos, podrían serlo para nosotros. El problema que tiene Mitchell Butler con el asbesto es mucho peor de lo que nos dijo. Además, acaba de perder el contrato gubernamental para construir barcos patrulla para la Guardia Costera. Tiene deudas. Creo que tiene problemas con los federales.

Hayes se acercó al ordenador y entró en una página Web.

–Vaya, eso es malo –dijo Logan–. Ha hinchado el valor de la empresa como un bandido. Habrá que llamarlo y hacer una nueva oferta.

–¿Qué tienes en mente, exactamente?

Cuando Logan le dio una cifra bajísima, Hayes soltó un silbido lento y grave.

–Está claro que no has perdido tu instinto de tiburón. Ayer estabas tan subyugado...

–Ahórrate los cumplidos. Haz la oferta, a ver qué dice. Luego, infórmame.

–¿Estás disfrutando de tu ensalada crujiente de codorniz? –preguntó Logan.

–¡Cielos, sí! –Cici dejó el tenedor y lo miró–. Disculpa. Sí –se limpió los labios con la servilleta–. Está deliciosa.

–Tan deliciosa que hace cinco minutos que no dices una palabra. Nunca pensé que llegaría a tener celos de una ensalada de codorniz.

–Pues pide una para ti –se rió ella.

–¿Has avanzado algo con tu libro?

–Tu biblioteca es demasiado fantástica. Podría decirse que me enredé en la recopilación de datos.

Estaban en un restaurante en el centro del Barrio Francés. Tenía fama mundial, y ella comprendía por qué. Luz suave, servicio atento y excelente comida propiciaban una cena de lo más romántica.

–No pretendía que dejaras de comer –dijo él.

Logan miró hacia la derecha y, al ver a la pareja que acababa de entrar, frunció el ceño.

–Oh, no –murmuró cuando la morena, que había estado a punto de sentarse, lo vio y salió disparada.

–¿Alicia? –Cici sólo había visto la expresión dolida de la mujer, no estaba segura de quién era.

–Eso me temo.

Su acompañante, un hombre mayor de rostro bronceado y cabello cano, se levantó y miró a Logan. En vez de seguir a Alicia, dejó la servilleta en la mesa y fue hacia ellos. Cuando Logan le ofreció la mano, el hombre la miró con tanta frialdad que Logan la dejó caer.

–Tu director ejecutivo me llamó hoy, Logan.

–Lamento lo de tus recientes... contratiempos –dijo Logan–. No fuiste totalmente honesto.

–Y tú tiras a matar –el rostro de Mitchell se ensombreció. Miró a Cici con expresión vengativa–. Yo tendría cuidado con él, jovencita. No es sólo un tipo agradable que invita a chicas bonitas a restaurantes caros. Se come a la gente viva.

–Eso no ha lugar, Butler.

–¿Ah, no?

–Fuiste tú quien mintió. Yo me he limitado a exponer la mentira y ofrecerte una vía de escape.

–Vete al infierno –dijo Mitchell, alejándose.

–Si eres inteligente, considerarás mi oferta –Logan se volvió hacia Cici–. Lamento esto. Espero que no haya arruinado tu ensalada. Él y yo tenemos asuntos pendientes. Me temo que falseó los datos sobre sus astilleros y otros negocios.

–Nada podría arruinar mi ensalada –susurró ella. Sin embargo, no pudo tomar un bocado más.

No dejaba de recordar la expresión dolida de Alicia y la advertencia que le había hecho Mitchell sobre Logan. Sin duda, el hombre estaba airado por el fracaso de la fusión y la nueva oferta de Logan; sus palabras podían ser vengativas y sin sentido. Pero tardó casi media hora en poder volver a disfrutar de la conversación ligera que Mitchell había interrumpido tan groseramente.

Ella sabía bien que Logan no era un tipo agradable y domesticado.

«Se come a la gente viva».

Se preguntó si sería verdad. Y si, en el caso de que lo fuera, eso incluía a la gente a la que amaba.

Capítulo Diez

Logan, en silencio, acompañó a Cici escaleras arriba hasta su habitación. Se detuvieron en la oscuridad, de la mano.

–Siento lo de Mitchell –repitió Logan.

–Querías que viniera aquí para conocernos mejor –se lamió los labios–. Eres un hombre de negocios y él es parte de tu mundo. Tal vez sea bueno que lo haya conocido y descubierto que ciertas personas te consideran duro y ambicioso.

–Puede. Pero habría preferido otras circunstancias para nuestra primera noche juntos.

–¿Y cuáles habrían sido?

–Estaba cenando contigo. No quería que me sorprendieran, al menos Mitchell. No es un tipo especialmente agradable –hizo una pausa–. En fin, supongo que tengo que darte las buenas noches.

Se inclinó para besarla y ella se puso de puntillas, anhelando sus labios y rindiéndose en el momento en que los sintió. Quería más que un beso de buenas noches. Sí, quería rendirse a la pasión que volvía a sentir por él.

Pero se resistió a dejarse hechizar. Si no funcionaba, volvería a estar demasiado involucrada, demasiado rápido. Él tenía razón al decir que tenían que tomárselo con calma.

–De repente, hace calor –dijo él.

Ella también ardía, por culpa del beso.

Él le desató el lazo del pelo, una cascada de rizos dorados cayó sobre sus hombros. Cici se estremeció. A punto de rendirse, tomó aire. Después, con un enorme esfuerzo, cerró los puños y decidió luchar contra los deseos de su cuerpo.

La noche que habían pasado en la casa de invitados le había dejado muy claro cuánto lo deseaba. Se había sentido rechazada cuando él dejó pasar todo el día siguiente sin llamarla. No sabía hasta qué punto podía confiar en él.

Leyendo su expresión, él dio un paso atrás.

–Puede que Mitchell tenga razón. Tal vez deberías dudar de mí –dijo.

–Espero que no –rechazó ella con empatía.

–Que duermas bien, Cici. Encontrarás todo lo necesario en el dormitorio. Camisetas grandes o camisones para dormir, lo que prefieras… cepillo de dientes nuevo. El baño está en el rincón…

–Lo sé. Eres muy generoso.

–Dudo que Mitchell opine lo mismo.

Ella no sonrió. Anhelaba otro beso, tanto que casi le daba miedo. Hizo acopio de fuerza, se dio la vuelta, entró en el dormitorio y cerró la puerta.

Pero un trozo de madera no podía hacer que su corazón dejara de latir acelerado. Cerró los ojos y se apoyó en la puerta unos minutos, contando de cien a uno para calmarse. Cuando llegó al número veinte, fue hacia la cama y la abrió. Esa noche, tal y como él había prometido, dormirían separados.

Tras elegir un camisón rojo, Cici se duchó en el perfecto cuarto de baño de mármol rosa. Mientras se ponía el camisón de seda, no pudo evitar preguntarse a cuántas mujeres había llevado Logan allí, antes que a ella.

Se preguntó si Alicia habría dormido en esa cama, con ese camisón. Pero era improbable. Alicia, sin duda, habría dormido desnuda, en brazos de Logan, en el dormitorio principal.

Prohibiéndose pensar en Alicia, Cici se metió en la cama y cerró los ojos.

A pesar de lo que había dicho Mitchell, ella estaba allí esa noche, en casa de Logan, que había sido dulce, atento y protector. Había dicho que no quería estar con ella sólo por el sexo. Pero no sabía si podía confiar en él.

Apagó la luz, deseando creer en él. Pero la oscuridad hizo que se sintiera extraña y solitaria; no podía dejar de pensar en él al otro extremo del pasillo, en su enorme cama roja. Al imaginar su largo cuerpo bronceado entre las sábanas, se le aceleró el pulso y empezó a arderle la piel. Se preguntó si él estaría tan despierto como ella.

Lentamente, bajó de la cama y se estiró. Con un suspiro, fue hacia la puerta que daba a la galería. El cielo estaba tachonado de estrellas. Pensó que tal vez el aire fresco la relajaría.

Corrió las cortinas y abrió la puerta. Una alarma empezó a tronar por toda la casa. Se tapó las orejas y tragó saliva. Seguramente había despertado a todo el vecindario.

Un minuto después, la alarma dejó de sonar y Logan llamó a la puerta del dormitorio.

–Entra.

Él entró con un teléfono inalámbrico en la mano. Sólo llevaba unos pantalones de pijama color negro.

A ella se le aceleró el pulso al ver sus anchos hombros y su abdomen plano y duro.

–¿Estás bien? –preguntó él.

–No podía dormir. Lo siento.

El teléfono sonó y Logan comunicó a la empresa de seguridad que un invitado había abierto una puerta por error. Le dio el código de seguridad y colgó.

–Ahora ya puedes abrir –dijo–. Tendría que haberte dicho lo de la alarma. Estamos en Nueva Orleans, no es la ciudad más segura del país.

–Ya lo sé. Tendría que haberlo pensado. Pero como he acampado en tantas zonas de guerra, probablemente no me preocupa el crimen como a la gente normal, ni siquiera en Nueva Orleans.

–No me recuerdes cómo viviste por mi culpa.

–No te eches toda la culpa. Era una adulta.

–Eras una mujer joven y vulnerable, con el corazón roto.

–Déjalo…

Él no dijo más al respecto, pero la siguió cuando salió a la galería. Ella estaba iluminada por la luna, pero él se mantuvo entre las sombras, observando sus movimientos con ojos brillantes.

–No podía dormir porque pensaba en ti –admitió ella, recorriendo su torso con la mirada.

Una leve brisa agitó su camisón de seda, que se pegó a sus pezones erguidos, así como a las curvas de sus caderas y piernas.

–Es curioso, yo tenía el mismo problema –dijo él con voz ronca–. No tendría que haberte seguido.

La química sexual empezó a prender entre ellos. Para ocultar su nerviosismo, Cici deslizó la mano por la barandilla negra y se rió suavemente.

–No lo recuerdo bien. ¿Por qué no estamos durmiendo juntos esta noche? –preguntó.

–Cortejo a la antigua. Para demostrarte que no me interesas sólo por el sexo.

–Ah, sí –aceptó, preguntándose por qué, entonces, él no dejaba de mirar sus senos–. Ahora sabemos la razón de que los cortejos a la antigua no incluyeran dormir en la misma casa –dijo–. Tal vez siempre me haya gustado el riesgo. Quizás no necesite saber que eres perfecto y que me tratarás de maravilla hasta el fin de los tiempos.

–No puedes estar segura de eso cuando yo, en cambio, aún no sé si veo esta relación a largo plazo –replicó él.

–Puede que me apetezca demasiado pasar la noche acurrucada en tus brazos como para poder resistirme a tu cama.

–No te diría que no –suspiró él–. Pero... sé sincera. Una vez en mi cama, ¿crees que seré capaz de conformarme con acurrucarte?

–¿Y yo? Lo he expresado así para sonar como una dama... recatada.

Él la abrasó con la mirada. Aunque percibió que se movía hacia ella en la oscuridad, siseó al sentir sus enormes manos rodearla.

«Tonta. Tonta», pensó.

Pero no podía evitarlo. Se sentía frágil, femenina y deseable en sus brazos. Ardía por fuera y se derretía por dentro.

Él besó su frente, su boca. Cuando la soltó, el corazón de ella tronaba y su cuerpo era una llama.

–Cici, no sé lo que sentí hace nueve años, pero fuera lo que fuera, cambió mi rumbo. Ya había estado saliendo con Noelle cuando vine a Belle Rose de visita ese verano. Incluso había decidido casarme con ella, aunque aún no se lo había pedido ni éramos novios. Pero yo lo tenía claro.

–Siempre fuiste así. Cabezota como una mula cuando tomabas una decisión.

–Cuando te vi en la piragua aquel día, nunca imaginé que podíamos tener una relación seria... ni siquiera después de que *Grandpère* me convenciera de que tenía que proteger a Jake.

–Lo entiendo. En tu vida no había lugar para mí.

–Me irritó un poco que ya no fueras la linda niña que me seguía a todas partes. Estabas allí iluminada por el sol, como la diosa del sexo del pantano. Irresistible.

–Las niñas crecen.

–Sí. Lo sé. No podía dejar de mirarte. Cuando *Grandpère* me convenció de que salvara a Jake, no tardé en obsesionarme contigo hasta el punto de no saber lo que hacía. Pero no podía admitirlo.

Inclinó la cabeza y la besó con suavidad.

–Después de que hiciéramos el amor, me moría de ganas de hacerlo otra vez. Y otra. Entonces me dijiste que estabas enamorada de mí y comprendí que había ido demasiado lejos.

–Porque yo era una ingenua.

–Yo... estaba empeñado en conquistar el mundo. Mi abuelo creía que necesitaba a alguien como Noelle a mi lado. Como la familia tenía problemas, yo aceptaba todas sus sugerencias. No me sentía con libertad para elegir.

–Y tenías a Noelle esperándote.

–Fui un estúpido en eso. Ella nunca fue más que

una ilusión. Debería haber actuado de forma más responsable con respecto a vosotras dos.

Logan la estaba acariciando con las dos manos, deslizando los dedos callosos por sus brazos y caderas, provocándole estremecimientos.

–¿Hace falta rememorar todo eso… cuando es tan agradable estar juntos?

–Quiero que sepas cómo fue lo mío con Noelle. Me casé con ella de rebote. Seguía loco por ti. Puede que al principio me dijera que te había seducido para que no lo hiciera Jake, pero pronto hubo más. Mis sentimientos por ti me tuvieron desquiciado durante años, seguramente hasta que te vi desnuda en la casa de invitados y te deseé con locura. Nunca sentí por ella ni la décima parte que por ti; y nunca la amé. Ahora me doy cuenta de que trabajaba todo el día para evitar estar a solas con Noelle y tener que enfrentarme a la verdad. Como ya te dije, me temo que mi falta de atención la hizo infeliz. Era una mujer adorable y se esforzó por ser buena esposa. No se merecía que la tratase así, ni tú tampoco. Siempre me arrepentiré de cómo me porté con ella. Pero ya no tiene arreglo. Está muerta y no hay marcha atrás.

–¿Por qué me estás contando todo esto?

–¿Quién sabe? De niña, admirabas Belle Rose y veías a los Claiborne como lores, no lo somos.

–Como el título de mi libro: *Lores del bayou*.

–Exacto. Quiero que sepas quiénes somos, al menos quién soy yo, con nuestros fallos. No quiero engañarte.

–No te preocupes. ¿Cómo iba a dejarme engañar después de cómo me trataste? Tú pensabas que hacías lo mejor para tu familia. Es agua pasada.

–Estaba ciego.

–Yo también.

–Lo siento muchísimo.

–No me importa el pasado –susurró ella, posando un dedo sobre sus labios.

–Eres tan suave y femenina. Tan bella. Tan dulce –Logan empezó a acariciarla con ambas manos–. ¿Cómo pude pensar que no eras adecuada para mí?

–Tal vez porque estabas acostumbrado a pensar en mí como una niña que llamaba tu atención haciendo tonterías, como robarte el sombrero o esconderte los aparejos de pesca.

–Entonces eras parte de mi vida, como el aire que respiraba. No supe valorarte.

Ella se preguntó qué sentía en el presente. Se liberó de sus brazos y fue hacia el dormitorio de él, sabiendo que la seguiría. No tendría que hacer el amor con él, habiendo tantas preguntas sin respuesta, pero era incapaz de resistirse.

–Desde que supe que habías vuelto a Belle Rose me he sentido como un hombre poseso.

Cuando ella lo había visto en la casa de invitados, algo que había creído muerto afloró de nuevo. Desde la primera vez que hizo el amor con él se había sentido consumida por sus sentimientos. Lo quería; le parecía esencial en su vida, sin saber el porqué.

–¿Preservativo? –susurró ella, ya en el dormitorio.

–Sí –dijo él, con voz ronca–. Casi lo olvido.

La condujo a la cama y después abrió un cajón y rasgó algo metalizado. Después, como un hombre poseído, besó sus labios, su cuello y sus senos antes de arrancarse la ropa y ponerse protección. Ella dejó caer el camisón al suelo.

Se situó sobre ella y se introdujo en su cálido y húmedo interior con un movimiento fluido. Ella suspiró con deleite, rodeó sus caderas con las piernas y se aferró a él. La calma duró un instante.

Él olvidó toda suavidad y ternura, penetrándola una y otra vez. Pero era justo lo que ella deseaba: quería sentirse poseída y dominada. Deparara lo que deparara el futuro, quería sentirse suya, aunque sólo fuera esa noche.

Se unieron con fiereza y violencia. Después, temblando en los fuertes brazos de él, Cici pensó que era casi como si ambos hubieran tenido miedo. «Miedo ¿de qué?». No podía ser de la advertencia que les había hecho Butler en la cena.

Logan le hizo el amor una y otra vez esa noche, y todas ellas sus cuerpos se unieron en el ritmo perfecto de una danza milenaria. Siempre que se deslizaba en su interior, ella se estremecía y entregaba por completo al placer, que alcanzaba cimas nunca imaginadas. Pero siguió sintiéndose azuzada por una extraña desesperación.

Sabía que, cuando acabaran, tenía que contarle lo de su hijo.

Capítulo Once

−¿Logan?
−¿Sí, cielo? −murmuró él, adormilado.
Ella se liberó de sus brazos. Al pensar en el niño que habían perdido, tembló de dolor.
−Me preguntaste por mi cicatriz. Es de una cesárea. La razón por la que te llamé en otoño, después de que fuéramos amantes fue… fue para decirte… que… que estaba embarazada de ti.
Él se puso rígido. Después se apartó de ella.
−Oh, Dios mío. Ni siquiera pensé en eso −masculló él.
−Lo sé −sus ojos se llenaron de lágrimas y la silueta de él, al otro lado de la cama, se emborronó−. Y antes de que pudiera contártelo…
−Te corté diciéndote que me había casado con Noelle −dijo él con voz grave y helada−. Siempre el mismo bastardo.
−No…
−¡Sí, maldición! Lo soy. Tenía que hacer que colgaras porque hablar contigo me hizo saber cuánto te deseaba aún. Y estaba casado. ¿Acaso pensé en el daño que te estaba haciendo? ¿Lo hice? −hizo una pausa−. Cuéntamelo todo.
−Me quedé tan devastada que me daba igual vivir o morir −admitió ella con voz triste.

–¿Cómo conseguiste apañarte sola, sin mi ayuda? –preguntó él, tras un largo silencio.

–No lo sé –apoyó la cabeza en la almohada y miró el techo oscuro–. Los días fueron pasando, uno a uno. Imagino que me cuidaba por el bien de nuestro precioso bebé –hizo una pausa–. Aun así, él sólo vivió un día. Ésa fue la peor parte.

–¿Él?

–Tuvimos un niño. Tenía el cabello oscuro como tú. Lo quería tanto... más que a nada. Le puse Logan de nombre.

–¡Oh, Dios! Por eso lloraste cuanto besé tu cicatriz, por eso lloras ahora –su voz sonó extraña, distante–. Murió y tuviste que pasar por todo eso sola. Debió de ser insoportable. Y yo fui tan horriblemente frío contigo...

–No lo sabías.

–Como si eso excusara mi comportamiento. ¿Qué hiciste después?

–Enterré a nuestro bebé y enterré mi dolor. Intenté olvidaros a los dos escondiéndome tras mi cámara. Durante años preferí ser testigo del dolor de otras personas.

–No me extraña.

Algo en la voz y la actitud de Logan la llenó de aprensión.

–Aunque estaba huyendo de mi dolor, quería que mis fotos fueran un grito de denuncia del dolor de las víctimas, tal vez porque yo había enterrado el mío en el fondo de mi corazón.

–Te lanzaste al peligro por culpa de lo que os hice a ti y a nuestro hijo. Podrías haber muerto y nunca habría sabido cuánto mal te había hecho. Nunca habría sabido lo del niño. Habría seguido con mi tonta, estúpida y egoísta vida. Mitchell Butler tiene razón respecto a mí.

Sonaba tan devastado que ella alzó la vista y descubrió que tenía los ojos nublados de emoción.

–No todo fue culpa tuya –le dijo con ternura–. Tal vez yo debí ser más fuerte. O tal vez fui demasiado descarada; más o menos me lancé sobre ti ese verano.

–Igual que hacen muchas jovencitas, que desconocen el poder de su sexualidad. No, yo era mayor. Tendría que haber afrontado la realidad de lo que hice, de lo que ocurrió… aceptar que me importabas y mucho. Sabía que me querías y fui estúpido y cruel al dejarme guiar por anticuadas ideas sobre el deber y la familia. Maldición –su voz rezumaba culpabilidad y vergüenza.

Ella se inclinó sobre la cama para tocarlo, confortarlo, pero en cuanto sintió sus dedos en el hombro, él se separó de un bote.

–No. No te merezco. No después de esto.

–Logan, fue hace mucho tiempo.

–¿Crees que eso importa? –replicó él con voz helada–. Debí considerar la posibilidad de un bebé. Debí escucharte cuando me llamaste. Cici, Dios, nunca me perdonaré por hacerte pasar por todo eso sola. No puedo ni empezar a imaginar lo horrible que fue –se levantó y empezó a vestirse.

–No te he hablado de nuestro hijo para que te sintieras más culpable e infeliz. Creo que te perdoné hace mucho tiempo. Esta noche quería compartir contigo la historia de su corta vida y de cuánto lo quise. Nada más. Quería que supieras que habíamos tenido un precioso y adorable niño.

–Me alegra que me lo hayas dicho –comentó él con frialdad–. Ahora voy a salir. Necesito estar solo.

—Pero Logan... te necesito...

—No, no es cierto. ¿Cuándo he satisfecho alguna de tus necesidades? Creo que mañana deberías marcharte.

—¿Qué? ¿Me estás echando?

—Es por tu propio bien.

—¿Lo dices en serio?

—Algún día me lo agradecerás.

—No. No lo haré. ¿Es que no tengo ningún derecho en esta relación?

—Como he dicho, ¡te irá mejor sin mí!

—¿Y si yo no lo veo así? No tienes derecho a tomar esa decisión por mí.

—Tengo noticias para ti. Ya está tomada –se encaminó hacia la puerta.

—¡Sigues siendo tan prepotente, arrogante y odioso como siempre! –gritó ella.

—Por fin me entiendes tan bien como Mitchell Butler, pero él tiene una ventaja: es igual que yo. ¡Me como a la gente viva! –abrió la puerta y se marchó dando un portazo.

Cici oyó sus pasos en la escalera y cómo se abría y cerraba la puerta delantera. Oyó el ruido del motor del coche y el chirrido de las llantas.

Después, aparte del sonoro latido de su propio pulso en la sien, la casa se quedó en silencio.

Ocho horas después, el cielo grisáceo amenazaba lluvia mientras Logan se arrodillaba ante la lápida de mármol blanco de la tumba de Noelle, en el cementerio de Lafayette.

Puso una rosa roja en la repisa que había ante el ángel de mármol que tanto se parecía a Noelle.

–Siento haberte hecho tan infeliz –susurró, esperando que ella pudiera oírlo–. Quería casarme contigo. Estaba seguro de que hacía lo correcto. Pero te mentí y me mentí a mí mismo. Te hice daño, tanto daño como a Cici y a nuestro hijo.

Se oyó una especie de suspiro y él se sobresaltó. Alzó la cabeza y comprendió que sólo era el sonido del viento en los árboles.

Al fin comprendía que se había equivocado en todo, a pesar de haber estado seguro de hacer lo correcto. Había herido a la gente a la que amaba.

La noche anterior, cuando Cici le había hablado de su hijo, el dolor que percibió en su voz había sido como una puñalada en el corazón. Si la hubiera ayudado, tal vez su hijo estaría vivo.

Había pasado toda la mañana conduciendo, pensando en Cici y en lo que la había hecho sufrir. La amaba pero, sabiendo el tormento que le había causado, estaba seguro de que no la merecía.

«La amaba». Tal vez siempre la había amado. Pero se había dado cuenta demasiado tarde.

Tenía que dejarla marchar. Por una vez en su vida, no perseguiría lo que, egoístamente, quería. No era digno de ella. Cici estaría mejor sin él.

Lentamente, se puso en pie y salió del cementerio pensando en los años amargos y vacíos que tenía por delante, preguntándose cómo podría enfrentarse a un futuro que no incluyera a Cici Bellefleur. No sabía si podría vivir con el dolor que le producía lo que le había hecho.

***

A última hora de la tarde, Cici, que llevaba gafas oscuras para ocultar sus ojos enrojecidos, salía del ascensor, que conducía a la oficina de Logan en Energía Claiborne, cuando se encontró con Mitchell Butler.

–¡Tú! –rugió él, al verla.

–Buenas tardes –dijo ella, intentando esquivarlo.

–Si fueras lista, te mantendrías alejada de él. Va a casarse con mi hija, Alicia –clamó él.

–¿Qué?

–No digas que no intenté advertirte anoche. Va a comprar mi astillero y a casarse con mi hija, para cerrar el trato, por decirlo de alguna manera. Si crees que él quiere algo contigo, estás loca.

–Si cree que aceptaré su palabra en ese sentido, señor Butler, ¡el loco es usted! Sé que está desesperado por el tema de la fusión. Sería capaz de decir o hacer cualquier cosa...

Los ojos de él destallaron odio e ira. Cici, que no quería prolongar el intercambio, lo sorteó y entró en el despacho de la señora Dillings.

–¿Está su jefe aquí? –preguntó, aliviada al ver que el señor Butler no la había seguido.

–Lo siento –dijo la mujer alzando la cabeza.

–¿Dónde está?

–¿Tiene usted cita... señorita Bellefleur?

–¿Cuándo espera que regrese?

–No antes de la semana que viene. ¿Quiere concertar una cita?

Sin molestarse en contestar, Cici fue hacia la puerta del despacho de Logan y la abrió. Igual que su casa, parecía vacío, frío y muerto sin él allí.

–Volverá la semana que viene –dijo la señora Dillings a su espalda–. Me encantaría concertar...

–No será necesario –dijo Cici, con aire derrotado–. Ha dejado muy claro que de verdad no quiere verme.

La mañana siguiente, cuando el sol doraba las columnas de Belle Rose, un artículo publicado en el *Times-Picayune*, provocó un gran revuelo.

–Mitchell Butler ha declarado que Energía Claiborne va a comprar Astilleros Butler y que Logan va a casarse con su hija –comentó Pierre–. Yo pensaba que tú y él... Es decir, creía que habías ido a Nueva Orleans para estar con Logan.

Cici no confiaba en Butler, así que no estaba segura de que sus declaraciones tuvieran fundamento. Pero, al ver el efecto de la noticia en Pierre, se tensó e intentó darle una respuesta.

–Me temo que eso se acabó –dijo–. Tengo trabajo en Egipto. Un reportaje sobre...

–No puedes irte –rechazó Pierre desde su sillón de mimbre, en la galería–. ¿Y nuestras visitas guiadas? ¿Tu libro? ¿Nuestra investigación y nuestras entrevistas? ¿Logan?

Cici, dolorida porque sabía cuánto lo había entusiasmado ayudarla a su llegada, y por lo perdido y frágil que parecía al pensar en su marcha, dejó la taza de té sobre la mesa. Se inclinó hacia él y le dio una palmadita en la mano. La asustó un poco notar su delgadez y el leve temblor que detectó al tocarlo.

–Sabes que puedes guiar las visitas sin mí. Y mi agente me ha conseguido un aplazamiento, así que puedo retrasar el libro unos meses.

–Pero he concertado una entrevista con Eugene Thibordeaux. Y ya te dije lo ocupado que está.

–Lo siento, pero me temo que tendré que pedirte que la canceles.

–¿Por culpa de Logan?

–Porque tengo una vida propia, ¿sabes? –dijo.

Las manos de Pierre habían empezado a temblar y se había puesto pálido. Parecía demasiado demacrado, delgado y viejo.

Cici maldijo a Mitchell Butler para sí.

Todas las vidas, pero en especial las de los niños y los ancianos, eran frágiles. Butler tenía la culpa de que Pierre, que no necesitaba alterarse, estuviera sufriendo dolor emocional.

–Lo siento mucho, Pierre –le dijo con voz suave–. Pero me temo que es inevitable.

Su tío eligió ese momento para llamarla al móvil y decirle que había leído el artículo.

–Ahora no –susurró ella–. Estoy intentando explicarle la situación a Pierre.

–Como si eso hiciera falta –rezongó él–. Llámame en cuanto puedas –le pidió, y colgó.

–Es todo culpa mía –dijo Pierre–. Era demasiado imperioso e intolerante en los viejos tiempos. Insistí en que Logan siguiera mi camino. Entre los dos te hemos hecho creer que no perteneces ni podrás ser feliz aquí.

–Esta vez, me has hecho feliz mientras he estado aquí –dijo ella, con voz entrecortada, pensando en lo que supondría perder la felicidad con la que había soñado sólo un día antes.

–No lo bastante, por lo que parece.

Pierre se llevó la taza de café a los labios y ella se preguntó si podía dolerle tanto que se fuera o si había algo más. Tenía el rostro tenso y fruncía los ojos mirando, sin ver, la zona pantanosa que se extendía tras sus tierras.

Pensó que se adaptaría, igual que ella. Sólo necesitaba tiempo. Cualquiera que hubiera vivido tantos años como él sabría que los cambios y las pérdidas eran inevitables.

–Voy a hacer la reserva del vuelo –le dijo.

Lo vio tan ceniciento y perdido, que se planteó telefonear a Logan y decirle que estaba preocupada por su abuelo.

Pero él había dejado claro que no podía enfrentarse al pasado, ni a sus remordimientos, ni a ella.

Decidió que no hablaría con él; le pediría a Noonoon que lo llamara.

Capítulo Doce

La televisión de Logan tronaba. Él no prestaba mucha atención, a pesar de que el reportaje se centraba en las mentiras de Mitchell. Su supuesto imperio se basaba en exageración y deudas. Se había vuelto loco cuando Hayes le hizo su última oferta. Pero Logan no pensaba en eso. Le había pedido a Hayes que tratara con Mitchell.

Logan sólo podía pensar en Cici. Se preguntaba si ella habría creído lo que había dicho Mitchell sobre Alicia. Si era así, mejor para ella; lo odiaría más y lo olvidaría antes.

La mirada de Logan vagó hacia su cama. En ese dormitorio, en esa cama, habían hecho el amor por última vez, tan sólo veinticuatro horas antes. Se había sentido el hombre más feliz del mundo hasta que le habló de su hijo y comprendió lo imperdonable que había sido su actitud con ella. En ciertos sentidos, era igual que Mitchell Butler.

Noonoon le había dicho que Cici pronto partiría hacia Egipto. Lamentaba haberla inducido a irse y lo entristecía la posibilidad de no volver a verla en años. Pero era para bien. No se sentía capaz de mirarla sin recordar lo que había hecho.

Le había dicho que era prepotente y arrogante. Pero tendría que haber entendido que, a diferencia de la vez anterior, la dejaba por su bien.

Estaba recostado en el sillón, pensando en ella, incapaz de concentrarse en su agenda de trabajo o en la televisión, cuando sonó el teléfono.

–El señor Pierre se ha ido –dijo Noonoon, con voz preocupada, cuando contestó.

–¿Qué? –quitó el sonido a la televisión.

–Te llamé antes, pero tenías el teléfono apagado.

–Lo siento. Necesitaba pensar. ¿Qué ocurre con *Grandpère*?

–El señor Pierre ha estado de mal humor desde que leyó el periódico y desayunó con la señorita Cici. Ella le dijo que iba a irse. Después de eso, nadie pudo consolarlo, ni siquiera yo. Y se ha ido. El señor Jake vino en cuanto lo llamé.

Logan se fustigó por haber apagado su móvil.

–El señor Jake, la señorita Cici y el señor Bos están buscándolo por el pantano, en la barca del señor Bos.

–Llegaré lo antes posible –dijo Logan. Colgó el teléfono y se puso en pie de un salto.

Se vistió y corrió escaleras abajo, ciegamente, hacia su Lexus.

Del pantano subía un fresco manto de neblina que lo ocultaba todo. No había brisa, ni movimiento alguno. Cici se sentía claustrofóbica, como si estuviera enjaulada.

–¿Pierre? –llamó.

Odiaba la húmeda niebla, la quietud y el mustio aroma de podredumbre vegetal. La inquietud la atenazaba. Pierre no era fuerte. Ella ni siquiera estaba segura de en qué parte de la plantación se encontraba, y así le sería muy difícil ayudarlo. Se preguntó si se habría adentrado tanto en las tierras pantanosas.

Los últimos rayos de sol se estaban desvaneciendo, pero, por suerte, era una tarde cálida. Tal vez, a pesar de la humedad, él no sentiría frío. Pero la idea de que estuviera andando en la niebla mientras caía la noche la llenaba de pavor.

La partida de búsqueda se había separado hacía horas, así que Cici estaba sola mientras recorría el denso bosque, formado por cornejos en flor, cipreses y robles, que limitaba al norte con la propiedad de los Claiborne.

–¿Pierre? –incluso ella misma oía el tono suave y temeroso de su voz, apagado por la niebla. A su derecha, oyó el crujido de una rama que había chascado bajo el peso de una bota. Dio un respingo–. ¿Pierre? ¿Eres tú? –llamó con voz ronca. Le pidió a Dios que fuera Pierre y nadie más.

Siguió un largo silencio. Luego oyó el chasquido de otra ramita, más cercano que el anterior.

–¡Pierre! –gritó.

–No, soy yo, Cici –aclaró Logan con voz grave y fría.

–Logan… –sintió una intensa oleada de alivio. Estuvo a punto de correr hacia él, antes de recordar que la había rechazado deliberadamente, igual que en otro tiempo. Se quedó parada, a pesar de que el mero sonido de su voz había conseguido que se aflojaran las férreas cadenas que protegían su corazón–. ¿Dónde estás?

–No te muevas –ordenó él. Cici oyó unos pasos. Segundos después, él surgió de entre la niebla, pero sus ojos azules no mostraban júbilo por verla, ni reconocimiento, ni amor.

Ella tomó aire para armarse de valor.

–Siento lo de Pierre –musitó–. Es culpa mía. Lo afectó mucho que le dijera que me iba. Intenté llamarte.

–Tenía el móvil apagado –dijo él, con ojos inexpresivos–. Como siempre. Nunca estoy disponible cuando me necesitas.

Ella captó el tono letal y definitivo de su voz y no fue capaz de contestar.

–Lo encontraremos –dijo Logan con voz lúgubre, que no la tranquilizó–. No es la primera vez que hace una de las suyas. Reaparece de repente, como por arte de magia, tras sus escapadas. Normalmente, antes de que anochezca. Creo que teme la oscuridad, o tal vez vuelva por consideración a nosotros. Sabe bien lo que hace.

–Quiere hacer su voluntad, y no lo culpo.

–Ésa es una de las razones por las que quería trasladarlo a Nueva Orleans. Sus breves desapariciones asustan a todos mortalmente, y me incluyo en el grupo.

–Siento no haber tenido en cuenta esa posibilidad –Cici tragó saliva–. Noonoon me había hablado de las otras veces.

–¿Cuándo piensas irte?

–La semana que viene.

–Tendrás tiempo de sobra para prepararte y hacer el equipaje –dijo él con indiferencia–. Deberíamos regresar a la casa para comprobar que no está ya allí. Como he dicho, no le gusta pasar demasiado tiempo en la oscuridad.

Volvieron y encontraron a todos, Pierre y Jake incluidos, en el porche, bebiendo té y riéndose.

–¿Puedo servirte una taza, señor Logan? –preguntó Noonoon sonriente, relajada tras el susto, cuando vio a Logan y Cici llegar.

–Me temo que debo volver a Nueva Orleans –contestó Logan, seco, negando con la cabeza. Giró sobre los talones y fue hacia su coche.

Los demás reiniciaron la charla. Pierre parecía muy contento de estar en casa, a salvo, y ser el centro de atención tras su escapada.

Pero Cici sólo oía los pasos de Logan alejándose por el camino de gravilla.

–Testarudo, altanero e idiota –masculló Jake, dejando la taza en la mesa de golpe–. Algunas cosas no cambian nunca.

Un rato antes, ella le había contado a Jake su malentendido con Logan y él le había dicho que no dudaba que Butler había mentido al decir que Logan iba a casarse con su hija.

Cuando dejó de oír los pasos de Logan, a Cici se le hizo un nudo en la garganta. Él seguía resistiéndose a ella.

Había dicho que se distanciaba por su bien, pero a ella le parecía una repetición de su historia. La estaba abandonando, y ella no podía soportarlo. A él, en cambio, parecía darle igual.

–¿A qué esperas? –preguntó Jake, inclinándose hacia ella–. Es obvio que ambos sufrís. Ve tras él. Te quiere. Siempre te ha querido.

–¿Y cómo sabes tú eso? Apenas habéis hablado en los últimos nueve años.

–Lo sé –afirmó él–. Cree que te está protegiendo. Su mayor empeño es protegernos a todos. He pasado por eso. No permitas que te aparte de su lado, como hice yo.

De repente, igual que cuando era una niña y veía

a Logan adentrarse en el bosque en la zona pantanosa, Cici soltó un gritito y corrió tras él.

–¡Logan!

Él no contestó.

–¡Logan, espera!

Él tenía las piernas más largas y le llevaba metros de ventaja, así que ya estaba junto a su Lexus cuando lo alcanzó.

–Logan, te quiero. No me dejes, o me harás más daño del que me has hecho nunca. Te quiero y sufriré muchísimo si me abandonas.

Él estaba abriendo la puerta, pero al oír sus palabras, se detuvo.

–Es imposible que me quieras.

–¿Me quieres tú a mí?

–Sí, te quiero.

–Entonces, ¿por qué te empeñas en rompernos el corazón a ambos?

–Pensé que era lo mejor.

–¿Para quién? ¿Qué te da derecho a decidir por los dos? Ser pareja implica escucharse el uno al otro y tomar la decisión más adecuada para ambos.

De repente, no se atrevió a seguir. Temía que él mantuviera su oposición. Se mordió el labio inferior, consciente de que su vida pendía de un hilo mientras esperaba, deseando que él cambiara de opinión sobre su futuro.

–Sí que te quiero –dijo él–. Tanto que lo que hice me parece imperdonable.

–El amor puede perdonarlo todo.

–¿Es posible?

–En este caso sí. Se trata de mi corazón. Yo lo sé mejor que nadie.

–Pero no te merezco.

–No vuelvas a decir eso –se acercó a él y posó un dedo en sus labios–. Bésame. Abrázame. Estas últimas horas sin ti han sido un auténtico infierno.

–¿Y qué me dices de Egipto?

–Esta vez iba a escaparme más por ti que por mí. Ahora... no hay razón para marcharme... y muchas, creo... para quedarme.

–Te quiero. Eres parte de mi vida. Siempre lo fuiste. Pero estaba demasiado ciego para verlo.

–Y estabas volviendo a cegarte respecto a cuánto te quiero y te he querido siempre.

–Mi amor –musitó él.

–Cuando vi tu rostro desolado en la foto del periódico, tras la muerte de Noelle... Desde entonces he deseado volver a casa. Ya has sufrido bastante.

–Espero haber aprendido algo en el proceso.

–Estoy segura de ello –sonrió Cici. Un segundo después estaba en sus brazos, aferrándose a él, sintiendo una nueva fe en el mañana y en el día de después.

Lágrimas de felicidad y alivio llenaron sus ojos. El futuro volvía a ser brillante, pletórico de sueños y objetivos compartidos; un cúmulo de aventuras que vivirían juntos.

–Pensaba que te merecías un hombre mejor que yo –dijo él.

–Y siempre haces lo que crees mejor para la gente a la que quieres, ¿verdad?

–Lo intento. Pero esta vez me di cuenta de que no sabría cómo vivir sin ti. No sé.

–A mí me pasa lo mismo. Me asusta pensar que si Pierre no hubiera desaparecido, habríamos sido tan testarudos como para negarnos la oportunidad de volver a estar juntos.

–Eso implica que le debo aún más de lo que le debía –la miró con rostro expresivo y los ojos azules llenos de amor, pero también de dolor y miedo por haber estado tan cerca de volver a perderla.

Agachó la cabeza y hundió el rostro en su cabello. Ella sintió la calidez de sus labios, mientras él la rodeaba con sus brazos y la apretaba como si lo fuera todo para él.

–A partir de ahora vas a tener más cuidado con eso de proteger a la familia –lo pinchó ella.

–Parece que mi mejor cualidad… también es la peor.

–Sólo a veces.

–Oh, Cici –susurró–. Mi amor…

–Logan –musitó ella con pasión equivalente–. Logan, nunca me he sentido tan feliz, ni siquiera cuando iniciamos nuestra relación, ni la primera vez que dijiste que me querías. Te quiero. Te quiero muchísimo.

–Entonces, cásate conmigo –le dijo él al oído, entrelazando los dedos con los de ella–. Mañana. O tan pronto como sea posible. Ya hemos desperdiciado demasiado tiempo.

En vez de contestar con palabras, se puso de puntillas y besó sus labios duros y ardientes. Él devoró su boca, exigiéndole cuanto podía dar y más. El corazón de Cici parecía un tambor.

Rodeándola con sus brazos, Logan empezó a conducirla hacia la casa de invitados.

–¿No deberíamos decirles a todos que nos hemos reconciliado? –preguntó ella.

–Cada cosa a su tiempo –replicó él–. Te he hecho

pasar un infierno una vez más. Antes tengo que compensarte por eso.

El cálido cuerpo de Cici estaba bajo el de Logan, en la misma cama en la que habían hecho el amor por primera vez. Lo sentía clavado en su interior. Esa vez sin preservativo, porque ella le había dicho: «Quiero otro hijo».

Sus rizos dorados se desparramaban sobre la almohada.

Logan adoraba estar así con ella, cuerpo contra cuerpo, unidos como si fueran un único ser. Adoraba la suavidad de su piel, su voz aterciopelada, su olor. Ni en toda una vida podría llegar a cansarse de ella.

Era cuanto Logan había deseado desde tiempos inmemoriales: el cabello indomable, los ojos oscuros y chispeantes de deseo sexual, el cuerpo delgado y voluptuoso, y esas piernas que se aferraban a su cintura.

Ella sintió un estremecimiento en el vientre y su corazón se aceleró. Tal vez ya llevara a un hijo suyo dentro.

—Bueno, sigue. ¿A qué estás esperando? —le dijo con voz suave y seductora.

—No has dicho si te casarás conmigo o no.

—Ah, eso —le contestó juguetona.

Sus ojos le prometieron un futuro brillante de esperanza, que hinchió el corazón de Logan.

—Si quiero un bebé tuyo, el matrimonio, decididamente, entra en el trato.

Epílogo

Todo el mundo, desde los moteros cubiertos de tatuajes y *piercings* del Bar T-Bos, hasta los más ricos y elegantes lores del *bayou* asistieron a la ceremonia nupcial de Claiborne, que se celebró en Belle Rose, bajo una enorme carpa blanca, erigida al borde del pantano. Alicia, agarrada al brazo de Jake, observó a un serio Bos entregar a su sobrina, Cici, al nieto de su antiguo enemigo.

Hayes Daniels era el padrino, y Noonoon la madrina.

Tal vez los invitados asistieron porque nadie creía que Logan Claiborne fuera a cumplir su parte del trato y casarse con Cici Bellefleur.

Pero lo hizo. Y con una mirada tan ardiente de deseo que todos los hombres presentes supieron que el novio anhelaba acabar con las formalidades y dar inicio a la luna de miel.

Nadie, ni siquiera Pierre, dejó de notar el amor y la pasión que iluminaron los ojos de los novios cuando empezó a sonar la marcha nupcial.

Nadie dejó de notar, tampoco, que la sonriente Cici, con rosas blancas en el pelo, lucía una minifalda blanca, escandalosamente corta, y zapatos de tacón de aguja de doce centímetros de altura, cuando se reunió con Logan en el altar. Algunos se preguntaron qué clase de esposa sería para un hombre como él.

La ceremonia concluyó demasiado deprisa, y el novio besó a la novia demasiado tiempo y con demasiada pasión. El resto del mundo, incluyendo a los invitados, había dejado de existir para él y ya no le importaba lo más mínimo.

Deseo

Sólo importas tú

EMILIE ROSE

Supuestamente, Lucas había muerto once años atrás en el accidente que había dejado a Nadia en coma el día de su boda. Entonces, ¿quién era aquel hombre que había aparecido en la puerta de su ático, idéntico al que tanto había amado?

¿Y por qué su inmediato entusiasmo al encontrar a Lucas vivo, de repente se convirtió en zozobra al descubrir las razones por las que había desaparecido de su vida?

Había jurado amarla y respetarla, pero su nuevo juramento era de venganza

¡YA EN TU PUNTO DE VENTA!

Acepte 2 de nuestras mejores novelas de amor GRATIS

¡Y reciba un regalo sorpresa!

Oferta especial de tiempo limitado

Rellene el cupón y envíelo a
Harlequin Reader Service®
3010 Walden Ave.
P.O. Box 1867
Buffalo, N.Y. 14240-1867

¡Sí! Por favor, envíenme 2 novelas de amor de Harlequin (1 Bianca® y 1 Deseo®) gratis, más el regalo sorpresa. Luego remítanme 4 novelas nuevas todos los meses, las cuales recibiré mucho antes de que aparezcan en librerías, y factúrenme al bajo precio de $3,24 cada una, más $0,25 por envío e impuesto de ventas, si corresponde*. Este es el precio total, y es un ahorro de casi el 20% sobre el precio de portada. !Una oferta excelente! Entiendo que el hecho de aceptar estos libros y el regalo no me obliga en forma alguna a la compra de libros adicionales. Y también que puedo devolver cualquier envío y cancelar en cualquier momento. Aún si decido no comprar ningún otro libro de Harlequin, los 2 libros gratis y el regalo sorpresa son míos para siempre.

416 LBN DU7N

Nombre y apellido	(Por favor, letra de molde)	
Dirección	Apartamento No.	
Ciudad	Estado	Zona postal

Esta oferta se limita a un pedido por hogar y no está disponible para los subscriptores actuales de Deseo® y Bianca®.
*Los términos y precios quedan sujetos a cambios sin aviso previo.
Impuestos de ventas aplican en N.Y.

SPN-03 ©2003 Harlequin Enterprises Limited

Bianca

***Su atracción prohibida se hizo demasiado intensa
como para resistirse a ella...***

Dominic Montero era terriblemente guapo y resultaba peligroso conocerlo. Cleo lo sabía, pero no podía ignorarlo por completo, ya que él tenía una información que cambiaría su vida definitivamente...

Cleo dudaba sobre qué camino tomar, pero finalmente, accedió a seguir a Dominic a su hogar en San Clemente, una paradisíaca isla del Caribe. Pronto, ambos quedaron atrapados en la tupida red de relaciones de la nueva familia de ella...

Aventura de amor en el Caribe

Anne Mather

¡YA EN TU PUNTO DE VENTA!

Deseo

Serás mi amante

HEIDI RICE

Una amiga periodista le pidió a Mel que la ayudara... ¡y ahora la iban a pillar con las manos en la masa! Estaba escondida en el baño de una suite y escuchó horrorizada volver a Jack Devlin, que regresaba a su habitación para ducharse.

El millonario resultó ser un hombre moreno, guapo y misterioso, y la pasión que se desató entre ellos fue increíble. Después de aquello, él se las ingenió para que Mel aceptara ser su amante durante dos semanas, durante las que disfrutaría de su vida de lujo y glamour.

Pasión en Londres, París, Nueva York...

¡YA EN TU PUNTO DE VENTA!